쉼
표,

느
낌
표
!

쉼표, 느낌표!

발행일	2021년 7월 2일		
지은이	최도설	그림	최도성
펴낸이	손형국		
펴낸곳	(주)북랩		
편집인	선일영	편집	정두철, 윤성아, 배진용, 김현아, 박준
디자인	이현수, 한수희, 김윤주, 허지혜	제작	박기성, 황동현, 구성우, 권태련
마케팅	김회란, 박진관		
출판등록	2004. 12. 1(제2012-000051호)		
주소	서울특별시 금천구 가산디지털 1로 168, 우림라이온스밸리 B동 B113~114호, C동 B101호		
홈페이지	www.book.co.kr		
전화번호	(02)2026-5777	팩스	(02)2026-5747

ISBN   979-11-6539-832-3 03810 (종이책)   979-11-6539-833-0 05810 (전자책)

(주)북랩 성공출판의 파트너

북랩 홈페이지와 패밀리 사이트에서 다양한 출판 솔루션을 만나 보세요!

홈페이지 book.co.kr • **블로그** blog.naver.com/essaybook • **출판문의** book@book.co.kr

작가 연락처 문의 ▸ ask.book.co.kr

작가 연락처는 개인정보이므로 북랩에서 알려드릴 수 없습니다.

어린 시절의 위로

쉼표 느낌표

글 **최도설**
그림 **최도성**

북랩 book Lab

음… 내 이름은 할아버지가 지어 주셨어. 밤새 자식의 이름을 지으려 고민했던 아빠, 엄마가 이튿날 아침 허탈해하셨지. 할아버지가 아빠, 엄마와 눈도 안 마주치고 "옛다, 둘째 이름이다." 하셨거든.

난 대학에서 영문학을 전공했어. 지금은 중학교에서 아이들과 지내. 영어 교사지. 영어를 매개로 아이들과 만나. 영어도 중요하지만, 아이들과의 만남이 더 중요하다고 생각하는 사람이야. 그래서 어떻게든 교실에서 아이들과 재밌는 시간 가지려고 노력해.

난 '○○문학상 수상' 같은 건 해 본 적 없어. 수상 경력이 전혀 없지. 너희가 들으면 딱 알 만한 책을 쓰지도 못했어. 그렇다고 내 책이 가치 없다고 생각하진 않아. 보물은 숨겨져 있잖아. 찾기 쉽지 않아. 네가 집어 든 이 책이 어쩜 '보물'일지… 누가 알겠어.

아. 이상하지, 나 반말하는 거? 친구가 되고 싶어서 그래. 너와 친구가 되고 싶어. 나보다 나이가 많든 적든 상관하지 않아. 그래도 기분이 좋지 않다면, 음… 좀 이해해 주면 좋겠어.

그럼 지금부터, 나의 형이 그린 몽환적인 그림과, 내가 만들어 낸 이야기와 함께 너의 어린 시절로 여행을 떠나 볼래?

5

목차

"어른이 되는 건 문제가 아냐.

어린 시절을 잊는 게 문제지."

— 생텍쥐페리 『어린 왕자』 중에서

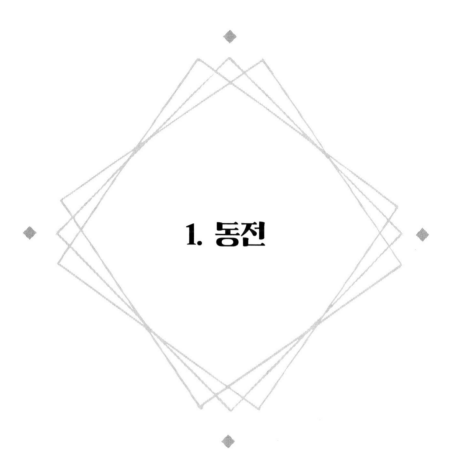

1. 동전

수철이는 잘못인 줄 알면서도 일을 저지르고 또 야단을 맞았다.
잘못과 뉘우침은 참 오래 반복되었다.

'네 살? 다섯 살? 언제였지?'

갓 여섯 살 먹은 꼬맹이가 방바닥에 앉아 맹랑하게도 더 어렸을 적 일을 떠올린다.

'낮잠 자고 일어났을 때였어. 주변을 둘러봤는데, 없었다. 아빠도 엄마도 없고. 집 안에 아무도 없었다. 방 안에 나 혼자만 있었다. 그날, 방은 다른 때보다 훨씬 더 커 보였다. 무서워서 저절로 울음이 터지고 말았다. 집에, 아니 마을에 나 홀로 남겨진 느낌이었다. 아빠, 엄마한테 버려진 느낌도 들었다. 나만 홀로 집에 두고 다 어디로 멀리 떠난 것 같았다. 울면서 밖으로 나갔을 때, 아저씨, 아줌마, 애들, 지나가는 사람들이 아무도 없어서 더 무서웠어.'

꼬맹이가 지난 일과 그때의 느낌을 떠올렸다. 어쩌면 이것이 아이가 기억할 수 있는 가장 오래전 일일지 모른다.

아이는 오늘도 영락없이 낮잠을 잤다. 어느 날과 다른 것이 있다면 잠자는 동안 무릎과 발목, 팔다리가 늘어나 키가 크는 느낌이 유난히 강했다는 것과 집 안에 아무도 없음을 확인하고서도 울지 않았다는 것이다.

아이는 목이 타서 부엌으로 갔다.

물 한 모금을 마셨다.

그다음… 아이의 시선과 마음은 찬장으로 향했다.

엄마는 십 원, 백 원짜리 동전과 종종 천 원짜리 지폐도 작은 그릇에 알뜰하게 담아 찬장에 두었는데, 아이는 그릇 안을 보고 싶었다.

아이의 눈에 부엌은 엄마만의 특별한 공간처럼 보였다. 엄마를 위한 집 안의 또 다른 집 같은. 아이가 "엄마!" 하고 부르면 늘 부엌에서 엄마의 목소리가 들렸다. 그런 엄마의 공간에 아이가 혼자 있다.

찬장으로 향한 것은 시선과 마음만이 아니었다. 손이 닿지 않아서 의자를 옮기는 양손과 그 의자를 밟고 올라서는 발이 있었다. 아이에게 의자는 제법 크고 무거워 보였다.

두려움 없이 엄마의 금고에 손을 댄 아이는 백 원짜리 동전 하나를 꺼냈다. 아무런 티가 나지 않았다. 동전 하나 없어진 걸 누가 알까. 찬장 문을 닫고, 의자도 원래 있던 자리에 두고, 아이는 집을 나섰다. 얼굴은 무표정했다. 무더운 여름이지만 아이는 더위를 느낄 새가 없다.

"수철아! 수철아!"

두 살 터울의 형이 꼬맹이를 찾고 있었다.

"혀엉! 왜?"

골목 안쪽, 구멍가게 앞에서 수철이가 대답했다.

"엄마가 너 찾아! 너 불러오래!"

동생과 거리가 가까워지자 형이 걸어오면서 말했다.

"…."

"빨리 집에 가자."

"…."

수철이는 형의 말에 대꾸 한마디 않고 우물쭈물하고만 있었다. 원체 커다란 수철이의 동그란 눈은 더 커지고 더 동그래졌다.

형은 여전히 동생이 사 준 오십 원짜리 쭈쭈바를 빨고 있었다. 수철이의 쭈쭈바는 맨 밑에 조금만 남았다. 수철이는 쭈쭈바를 길바닥에 버릴까 주저하다가 등 뒤에 숨겼다.

수철이의 발걸음은 집으로 가고….

마음은 자석처럼 구멍가게 앞에 머물러 있다.

엄마는 수철이의 형에게 먼저 쭈쭈바가 어디서 났냐고 물었고, 형은 "수철이가 사 줬어요."라고 대답했다는 사실을 수철이는 알게 되었다.

"수철아, 돈이 어디서 나서 쭈쭈바를 사 먹은 거니? 어?"

"…."

수철이는 길바닥에서 백 원짜리 동전 하나를 주웠다는, 혹은 할아버지한테 받았다는 식의 거짓말이 떠오르지 않았다. 단지 '들켰구나! 야단맞겠구나!'라는 생각밖에는. 어깨가 축 처졌고 엄마와 눈을 마주치지 못했다.

"돈이 어딨어서 쭈쭈바를 사 먹었냐니까? 수철아, 어서 얘기하자!"

"…."

수철이는 한동안 입을 열지 못했다.

"자고 일어났는데요…."

마침내 눈물을 참고 울먹울먹하며 말하기 시작했다.

"…."

"엄마도 안 계시고, 아빠도 안 계시고, 형도 없구…. 부엌, 부엌 찬장에서요."

금방 쏟아질 것 같은 눈물이 수철이 눈가에 그렁그렁했다.

"엄마, 이거… 이것두요."

수철이는 꼬깃꼬깃한 천 원짜리 지폐 한 장을 내밀었다.

"어머! 얘가 이것도 찬장에서 가져갔어?"

"그게 아니라 방바닥…, 장롱 밑에 있길래…."

수철이는 훌쩍이며 팔뚝으로 눈물, 콧물을 닦았다.

"얘가, 얘가! 뭘 잘했다고 울어?"

"으앙!"

수철이는 대성통곡하기 시작했다. 그러면서 수철이는 형을 힐끗 쳐다봤다.

엄마한테 야단을 맞고 다음부터는 안 그러겠다, 라는 맹세를 하고 나서야 수철이는 마음이 후련해졌다.

그런데,

'형은 왜 쭈쭈바를 빨면서 집 앞을 걸어가 가지고. 형이 그러지만 않았으면…'

형 탓을 하고 있다. 수철이의 마음에는 형에 대한 원망이 있는 것 같다.

그리고,

'왜 내가 형아를 사 줬지? 안 그랬었는데…'

쭈쭈바 두 개가 다 자기 몫이 될 수 있는 일이었는데, 백 원을 혼자 쓰지 않고 형에게 쭈쭈바를 사 준 자신의 행동을 수철이는 이상하다고 생각하는 것 같다.

"다음부터 안 그럴게요. 앞으로 엄마 말 잘 들을 거예요."

반성하고는 그 후로도 수철이는 잘못인 줄 알면서도 일을 저지르고 또 야단을 맞았다. 잘못과 뉘우침은 참 오래 반복되었다.

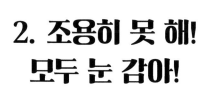

2. 조용히 못 해!
모두 눈 감아!

"선생님이 미안하다. 선생님이 미안해."

"선생님 말씀 잘 들어야 한다!"

수철이가 학교 갈 때마다 하는 엄마의 말이었다. 엄마는 하루도 빠짐없이 그 말을 했다. 수철이는 엄마의 말을 허투루 듣지 않았다. 많은 어린아이가 그렇듯 수철이도 부모에게 착하고 바른 아이였다.

국민학교('초등학교'의 이전 명칭, 1941~1996년 사용됨)에 입학한 후 받아쓰기며 셈하기 등 시험에서 수철이의 점수는 모두 자랑할 만했다. 그 덕에 시골에서 고생하며 아이를 키우는 부모는 살맛이 났고 네 가족이 둘러앉은 저녁 밥맛은 받아쓰기 점수처럼 매일 백 점짜리였다.

그런데 어느 날.

수철이가 얼굴과 어깨에 화를 잔뜩 머금고 가방도 메지 않고서 집에 왔다. 그것도 오전 열 시쯤. 학교 다녀오겠다며 집을 나선 지 얼마 되지 않은 때였다.

여덟 살 아이의 반항일까.

그러나 아무도 그렇게 생각하진 않았다. 황당해했고 그저 염려하며 걱정스런 눈으로 수철이를 바라봤다.

아이의 그날은 이랬다.

"모두 눈 감아! 왜 이렇게 떠드는 거니? 어서 눈 감지 못해!"

얼마의 길지 않은 시간이 흐른 후, 수업 종료를 알리는 종이 울렸고 수철이는 여전히 눈을 감고 있었다.

일 교시 수업이 끝나자마자 수철이는 가방을 메고 운동장을 가로질러 집으로 향했다. 담임 선생님이 쫓아 나왔다.

"선생님이 미안하다. 선생님이 미안해."

선생님은 운동장 한가운데서 수철이를 말리고 달랬다.

눈 감으라는 말은 했으나 눈 뜨라는 말은 하지 않은 채 선생님은 수업을 하고 말았던 것이다. 결국 종이 울려 버렸다.

수철이만 빼고 다른 아이들은 전부 눈치껏 알아서 눈 뜨고 칠판과 교과서를 보았던 것이다. 수철이는 종이 울릴 때까지 내내 눈을 감고 있었다.

그것이 고지식하다 해야 할지, 고집불통이라 해야 할지, 정직한 것이라 봐야 할지…. 수철이가 선생님 말씀 잘 들어야 한다는 엄마의 말을 제대로 따른 건지 아닌지….

수철이는 그날, 담임 선생님의 만류에도 가방을 운동장에 내팽개치고 집에 왔다.

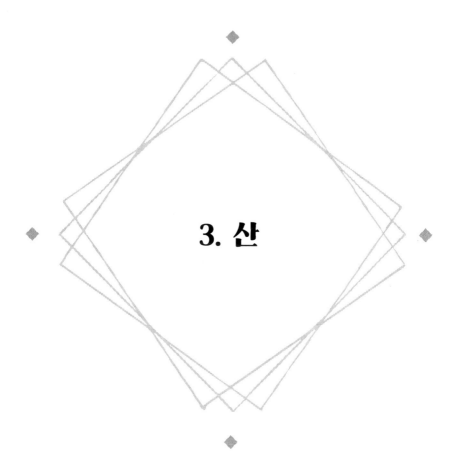

3. 산

오늘은 신이 났다. 신이 나서 기분이 좋았다.
산으로 소풍 가서 신이 났다.

여덟 살 수철이가 처음 소풍을 간다.

학교에서 이십여 분 걸어서 산으로 간다.

엄마가 어제 새우깡, 환타, 그리고 껌도 사 줬다.

수철이는 어제저녁에 과자와 음료를 넣어 둔 가방을 열어 보고 또 열어 보고 했다. 잠자기 전에 한 번 더 열어 보았다. 잠들기 전에도 기분이 좋았고 잠들면서도 기분이 좋았다.

이른 아침에 엄마가 김밥을 만들었다. 엄마의 김밥은 참 예쁘다.

수철이는 엄마 옆에서 김밥 꽁다리를 하나씩 하나씩 주워 먹었다.

김밥 한 줄은 썰지 않고 긴 것 그대로를 조그만 두 손으로 잡고 먹었다.

두 줄로 줄을 맞춰 수철이는 친구들과 산에 간다.

학교 가까이에 있는 산은 나무와 흙, 긴 계단이 있는, 말 그대로 그냥 산이다.

수철이는 마냥 좋다.

학교 밖으로, 친구들과 함께 산에 간다는 게 너무 좋다.

김밥을 산에서 먹는다는 것도 수철이 마음을 설레게 했다.

모든 것이 마음에 들었다.

산 입구에 들어섰을 때, 체육복 입은 고등학생 형, 누나들이 앞서서 산을 오르고 있었다. 하지만 수철이네 반 아이들이 더 빠르다.

신이 난 수철이는 친구들과 함께 형, 누나들을 하나둘 앞지른다.

"선생님!"

고등학생 형, 누나들이 저 위의 모자 쓴 아저씨를 부르는 것 같다. 그 아저씨가 형, 누나들의 선생님인가 보다.

"선생님!"

"…"

"뒤도 안 돌아보네. 완전 무시하네."

누나들이 말했다.

"산이 아파요! 정해진 등산로를 이용해 주세요!"

"산이 뭐가 아프냐? 너 때문에 내가 아프다. 내 다리가 아프다고!"

어떤 누나가 계단 옆, 땅에 꽂혀 있는 푯말을 소리 내 읽었고, 그 말을 들은 또 다른 누나가 투덜댔다. 화를 내는 것 같았다.

"도대체 체육 시간에 왜 여길 오는 거야? 어휴! 힘들어."

"어휴! 죽을 거 같애."

"우리가 뭐 잘못한 거라도 있니?"

"그게 아니라, 선생님이 산을 좋아하잖아."

고등학생 형, 누나들은 계속 투덜투덜. 표정이 엉망진창이다. 형, 누나들은 수철이네 반 아이들처럼 줄 맞춰 오르지 않는다. 산에 억지로 온 것 같았다. 선생님한테 끌려왔다는 게 맞겠다. 특히 누나들은 기분이 훨씬 더 안 좋아 보였다. 수철이는 더 힘을 내서 쿵! 쿵! 계단을 밟으며, 친구들과 힘차게 산을 올랐다. 누나들을 금방 앞질러 한참 앞서게 되었다. 누나들도 쿵! 쿵! 인상을 팍팍 쓰며 계단을 밟았다.

수철이는 그날 집에 돌아와서도 기분이 좋았다. 그래서 초저녁에 일기를 썼다.

> 오늘은 신이 났다. 신이 나서 기분이 좋았다. 소풍 가서 신이 났다.
>
> 친구들과 산에 갔다. 너무 좋았다. 나무가 엄청 많았다. 계단도 엄청 많았다.
>
> 산이 너무 좋았다. 재밌었다. 새소리도 들었다. 다람쥐도 보았는데, 선생님께서 그건 다람쥐가 아니라 청설모라고 하셨다.
>
> 김밥도 먹고, 환타도 마셨다. 너무 맛있었다. 보물찾기도 했다. 너무 재밌었다. 노래도 불렀다. 신이 났다. 집에 왔는데 부엌에 김밥이 있었다. 식었는데도 너무 맛있었다. 오늘은 너무 신이 났다. 신이 나서 기분이 좋았다. 다음에도 다시 산으로 소풍을 가면 좋겠다.

4. 누가바!
누가 봐!

수철이는 아는 것보다 모르는 게 더 많은 나이지만,
어렴풋이 알 것 같았다.

！
，

국민학교에 입학한 후로 수철이는 하루에 한 번은 꼭 싸움을 하고 집에 들어왔다. 여름방학이 되어서는 안 그러나 싶더니, 동네 친구랑 또 시비가 붙었다.

"야! 넘어갔잖아!"

"그거 반칙이야! 그렇게 넘기는 게 어딨냐고?"

딱지치기.

계급장, 고무딱지, 여러 가지 딱지로 딱지치기를 하던 수철이와 태호의 말다툼이 시작됐다.

"야, 이 쪼다 같은 새끼야! 그건 반칙이라니까! 아이, 진짜!"

"너, 뭐라고 했냐?"

"뭐를? 뭘 뭐라 해? 새끼야!"

"뭐? 새끼? 지금 욕한 거냐?"

목소리가 커졌다. 어디서 배웠는지 제법 욕을 찰지게 했다. 말다툼은 몸싸움으로. 어디서 배웠는지 밀치고 넘어뜨리고 몸에 닿지 않는 발길질도 했다. 누가 가르쳐 주지 않아도 아이들이 터득하는 것이 있다면, 그건 욕과 싸움일 거다.

아이들이 쌈박질할 때마다, 이를 귀신같이 알고 와서 싸움을 말리는 기골이 장대한 아줌마가 있었다. 태호네 엄마. 태호네 엄마의 덩치로 말할 것 같으면, 동네에서 둘째가라면 서러울 만큼 커서 멀리서도 눈에 확 띄었다.

"이런 부자 될 녀석들!"

태호네 엄마가 말했다.

"…"

태호네 엄마의 오른손과 왼손에 각각 어깨를 붙들린 두 아이는 서로를 향해 씩씩거렸다.

"왜 또 쌈질이야?"

태호 엄마가 두 아이의 엉덩이를 손바닥으로 아프지 않게 쳤다. 먼지를 털듯이 엉덩이를 커다란 손바닥으로 툭툭! 치면 아이들은 허리가 활처럼 휘어 버리고 만다.

"우리 부자 될 수철이가 왜 태호랑 싸웠을까? 태호가 착한 수철이한테 못된 말을 했나 보구나! 태호가 먼저 '미안해!'라고 하자. 어서!"

"아! 엄마아! 엄마, 수철이가 속였다니까요. 쟤가 비겁하게 하잖아요. 전 잘못한 게 없다구요!"

"비겁하기는? 수철이는 누가 봐도 장군감이잖니? 게다가 요렇게 착한 친구가 왜 너를 속여? 어서 사과하래도!"

다른 아이들하고 싸울 때와는 달리, 태호랑 싸우면 수철이는 태호에게 미안하고 걔네 엄마한테도 죄송했다. 아줌마는 태호랑 다툼하는 아이가 누구든, 그 아이에게 "부자 될 녀석!", "장군감!"이란 말을 했다. 그때마다 아줌마의 표정은 살짝 미소를 띠고 있었다.

집으로 돌아와서 수철이가 엄마 앞에 앉았다.

"엄마, 태호 엄마는 내가 잘못했어도…."

"태호랑 싸웠니?"

"싸운 게 아니라, 그냥 조금….."

"사이좋게 지내지 않고…. 아무튼 태호랑 싸우지 말거라!"

"네. 근데 태호 엄마는 내가 잘못했어도…."

"부자 될 녀석, 장군감이라고 말씀하시지? 늘 웃으시면서, 그렇지?"

바느질하던 엄마는 입가에 미소를 머금고, 다 안다는 듯 말했다.

"태호네 엄마는 늘 그렇게 말씀하시더구나."

엄마의 바느질하는 손은 쉼 없이 움직이고 얼굴엔 미소가 환했다.

"수철아. 태호, 태호네 아빠 안 계신 거 아니?"

바느질을 잠시 멈추고 수철이를 바라보는 엄마의 표정이 조금 달라졌다.

"아뇨. 안 계세요?"

누워 있던 수철이가 방바닥에 앉으며 대답했다. 수철이는 엄마 눈

가까이 얼굴을 바싹 들이밀었다.

"걔네 아빠가 월남전 참전 용사셨어. 월남에서 무사히 돌아오셨다고 태호 엄마가 그렇게 좋아하셨는데…. 오 년 전인가 싶다. 태호아빠는 폐암으로 돌아가셨단다. 고엽제 후유증이었다더라."

"고, 고엽제?"

"아주 고약한 거 있어. 아무튼, 그러니 태호랑 싸우지 말고 사이좋게 지내. 걔네 엄마가 한약재 장사하시는데 장날 말고는 벌이가썩 좋지 않다더라. 가게가 있는 것도 아니잖니?"

수철이는 엄마의 이야기를 다 알 수는 없었지만, 엄마 말을 듣는내내 사뭇 진지한 표정을 지었다. 태호에 대해 많이 생각하는 것 같았다. 친구에 대한 걱정도 잠시, 하품하며 방바닥에 다시 눕더니 수철이는 어느새 낮잠의 단맛에 빠져들었다.

팍! 빵!

쨍그랑!

딱!

다음 날에도 좁은 골목을 대여섯 명의 아이들이 통째로 차지했다. 양철 계급장 등 각종 딱지로 딱지치기하는 소리가 골목 가득 울려 퍼졌다. 학교만 갔다 오면 집에 가방 던져 놓고 딱지치기를 하던아이들은, 방학이 되어서도 똑같다. 약속이나 한 듯 비슷한 시간에밖으로 나와 딱지치기를 했다.

또래 아이 중에는 수철이하고 딱지치기하려는 아이들이 이젠 거의 없었다. 한마디로 수철이와 대적할 친구가 없는 것이다.

수철이가 딴 계급장과 딱지들은 호주머니만으로는 감당이 안 되어서 비닐봉지에 넣어졌다. 수철이는 딱지치기해서 딴 것을 같은 동네 큰아버지 댁에 계시는 할아버지한테 가져가곤 했다. 수철이가 그렇게 한 건, 할아버지도 딱지를 좋아한다고 생각해서다.

할아버지한테 가는 길에 태호네 집을 지나치면서 수철이는 태호네 집 창문과 문을 번갈아 쳐다보며 걸어갔다. 그때 마침 태호가 집에서 나왔다.

집에서 나오는 태호를 보고, 수철이는 태호에게 꼭 사과하고 싶어서라기보다 딱지가 많기도 해서, 태호에게 그냥 딱지를 주고 싶단 생각을 했다.

'그냥 몇 장 주면 받을까? 안 받을 것 같다. 어떻게 하지? 일부러 몇 장 떨어뜨리면 태호가 주워 갈까?'

수철이는 비닐봉지에 있던 딱지 몇 장을 길바닥에 떨어뜨렸다. 그리고 모른 척, 할아버지 댁으로 계속 걸어갔다.

"수철아!"

"어! 왜?"

뒤돌아보며 대답하는 수철이는 참 어색했다.

"이거 니가 저기서 떨어뜨렸어. 몰랐냐?"

태호가 수철이에게 다가와서 말했다.

"안 떨어뜨렸는데! 내 건 다 여기 있어. 봐!"

"아무튼, 이거 니 꺼야. 니가 떨어뜨리는 거 내가 다 봤어. 자, 여기!"

"그, 그래. 고마워."

"…."

"태호야, 잠깐만. 이거 다섯 장은 니가 가질래! 어차피 너 아니었으면 잃어버릴 뻔한 거잖아?"

"정말?"

"어. 그냥 가져."

"진짜지? 나중에 딴소리하기 없기다."

"그딴 거 안 해."

"그럼 정말 갖는다!"

수철이는 자기 것을 거저 주는데, 기분이 좋았다. 사실, 거저 주는 것만은 아니라는 생각을 했던 모양이다. 수철이는 태호에게 미안했다.

"할아버지!"

수철이가 크게 불렀다.

"…."

"할아버지!"

"수철이 왔냐?"

"네!"

"우리 수철이가 오늘도 딱지를 많이 따온 게로구나!"

할아버지가 방문을 열고 말했다.

"할아버지! 이거 보세요."

수철이가 까만 비닐봉지 안에 있는 딱지를 마당에 쏟아 냈다.

"어디, 오늘은 얼마나 땄는지 할아버지랑 세어 보자! 어디 보자…."

할아버지는 만면에 함박웃음을 짓고 마당에 나와서 딱지를 세기 시작했다. 흡사 돈을 세는 모습과 똑같았다.

"하나, 둘, 서이, 너이… 열 장, 스무 장…."

할아버지는 마루 아래서 라면 박스 하나를 꺼냈다. 할아버지는 그동안 수철이가 딴 딱지를 모두 거기에 모아 뒀는데 오늘 수철이가 딴 딱지도 거기에 담으려 했다.

"철아, 할아버지가 아이스께끼 사 주련?"

"아이스크림이요?"

"그래. 할애비하고 가게에 가 보자."

할아버지는 라면 박스를 마루 밑으로 밀어 넣었다.

할아버지와 손자는 손을 잡고 할아버지 댁과 수철이네 집 중간쯤에 있는 구멍가게로 향했다. 할아버지는 오늘따라 미소가 시원하다.

드르륵!

할아버지가 가게 문을 열고 냉장고 앞으로 걸어갔다.

"철이 먹고 싶은 게 뭐냐?"

수철이는 뒤꿈치를 들어 아이스크림 냉장고 안을 요리조리 살폈다.

"할아버지, 누가바!"

"어? 누가 봐?"

"네. 누가바!"

"누, 누가 봐!"

"…."

할아버지는 놀란 것 같았다. 눈빛이 이상하게 변했다. 주변을 두리번두리번하더니 수철이 손을 꼭 잡고 얼른 밖으로 나갔다. 갑자기 입을 꾹 다물고 아무 말 하지 않았다. 원체 까만 얼굴이 더 어두워졌다. 수철이는 어리둥절했다.

수철이는 영문도 모르고 할아버지를 따라서 집으로 와야 했다. 방금 전까지 함박웃음을 짓던 할아버지를 생각하면 도무지 이유를 알 수 없는 노릇이었다. 이 이야기를 집에 돌아와서 형한테 했다.

한두 번도 아니고, 정말이냐고 몇 번을 물어보면서도 수철이의 형은 믿지 못하겠단다. 기가 막히다며 얼마나 웃던지.

딱지치기에 싫증이 난 아이들이 하나둘 늘어나면서 골목을 차지했던 아이들의 딱지 치는 소리는 잦아들었다. 조금은 한산하고 지루한 햇살만이 골목에 내려앉는 하루하루가 이어졌다. 그렇게 며칠이 지나 일요일 아침이 되었을 때, 수철이 아빠는 8·15 광복절 기념 연합예배 참석을 위해 제암리교회에 가고, 수철이는 형 그리고 엄마와 함께 마을 교회에 갔다.

수철이가 다니는 교회 목사님도 광복절 기념 설교를 하는 것 같았다.

"민족을 사랑하고 나라를 사랑하는 교회가 되게 하시고⋯. 우리 교회에서 십 분만 버스를 타고 가면 제암리교회가 있습니다. 그곳에서 갓난아기를 포함한 스물여덟 명의 우리 형제가 학살되었습니다. 수원, 화성 지역의 3·1 만세운동에 대한 보복 응징으로 일본 군경에 의해 교회 예배당에서⋯. 우리는 말을 듣지 않는 아이에게 '칼 찬 일본 순사가 잡아간다!'라고 말하던 시절이 있었습니다. 일본 순사는 아이에게만이 아니라 어른들에게도 공포의 대상이었으며⋯. 일본은 우리 형제자매들을 억압하고 강탈하고⋯."

목사님의 설교는 무슨 웅변처럼 들렸다.

수철이는 목사님 설교 말씀을 들으며, 얼마 전 할아버지 모습을 떠올렸다. 아이스크림 냉장고 앞에서 갑자기 불안하고 어두워진 할아버지의 얼굴과 근심 어린 표정을 생각했다.

수철이는 아는 것보다 모르는 게 더 많은 나이지만, 어렴풋이 알 것 같았다.

'누가바 사 달라 했을 때⋯. 누가 우리를 지켜본다고 생각하셨나 보다. 할아버지는 감시를 피해 몸을 숨기려는 것처럼 구멍가게에서 빨리 나오시려 했나 보다.'

"아빠! 할아버지 나이가 몇이세요?"

그날 저녁 밥상 앞에서 수철이가 아빠에게 물었다.

"할아버지 연세? 그건 왜 물어보니?"

"…"

"1917년생이시니까…."

5. 신발 찾기 I

아무런 증거는 없었지만,
짐작만으로 수철이는
그 아이가 그랬다는 걸 바로 알 수 있었다.

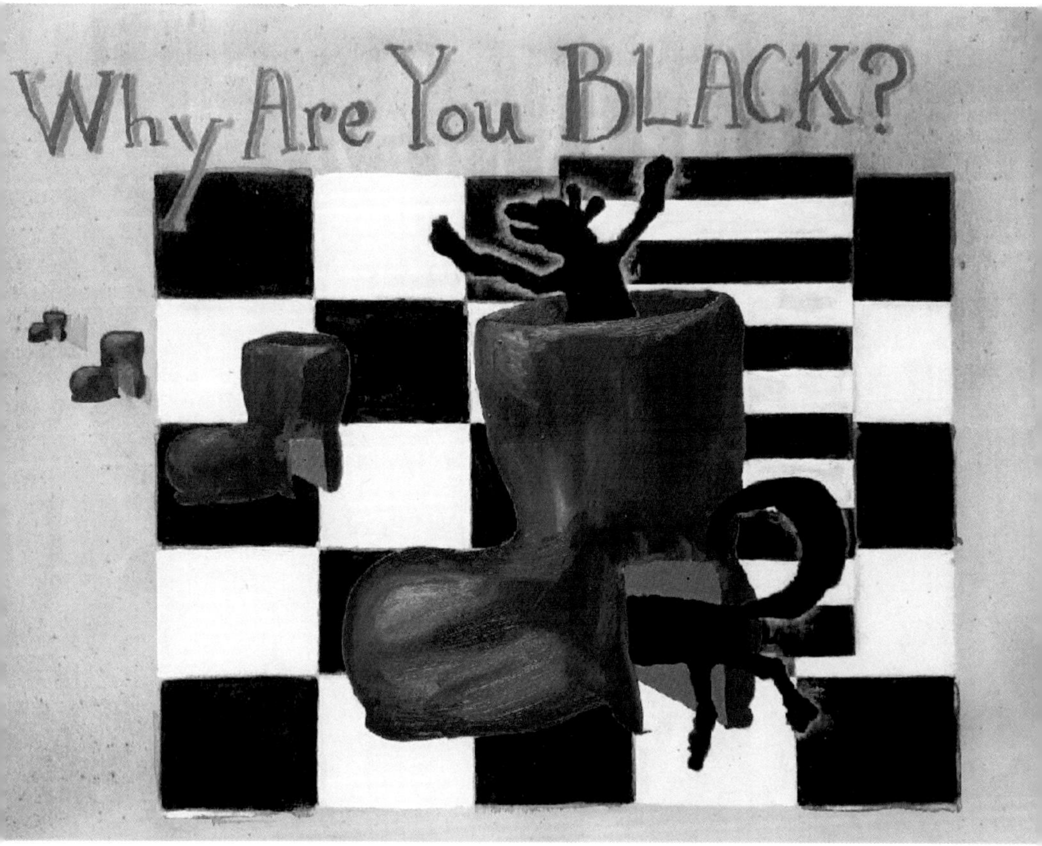
Why Are You BLACK?

"혹시, 니가 내 신발 감췄니?"

"…."

"니가 그랬지? 그치?"

등교하고 신발이 없어진 걸 안 것은 삼 교시 체육 시간 바로 직전이었다. 지우개, 연필 같은 것을 잃어버리는 경우야 아이들 사이에서 흔히 있는 일이라 대수롭지 않았지만, 신발은 값어치부터가 학용품에 비할 바가 아니었다.

수철이의 신경이 곤두섰다. 운동장에 나가지 못하거나 점심시간에 친구들과 뛰어놀 수 없다는 것은 수철이에게 중요해 보이지 않았다. '왜? 왜 하필 내 신발을?' 그리고 '도대체 누가?' 이런 생각만이 수철이 머릿속을 가득 채웠다.

'언제 없어진 거지? 분명히 거기 두었는데…'

'도대체 어떤 놈이? 다시 신발을 원래 있던 곳에 놓아두지는 않을까?'

'젠장!'

국민학교 이 학년이 된 지 보름도 안 되어서 벌어진 일이 신발이 사라진 사건이라니. 누구에게든 일어날 수 있는 일일 수 있겠으나, '왜 내 신발을?' 하는 질문이 계속 수철이 머릿속을 헤집고 다녔다. 게다가 오른쪽 양말 엄지발가락 쪽에 구멍이 나서 양말 앞쪽을 자꾸 앞으로 당겨 감추려 했지만, 이내 다시 구멍으로 엄지발가락이 큼지막하게 보였다. 기분이 꽝이다.

담임 선생님께 말씀드린 다음에도 수철이 마음은 사라진 신발에 대한 의문으로 가득했다. 나쁜 기분이 반복해서 표정에 드러나고 말이 없어졌다.

'우선 내 신발이 좋아서 가져가거나 숨긴 건 아닐 것이다.'

'내 것은 닳고 닳아서 누가 탐낼 만한 것이 아니다.'

'내가 누구한테 무슨 잘못을 했나? 나를 싫어하고 미워하는 아이가 있는 건가? 이건 알 수 없다. 서로 사이좋게 잘 지냈어도 아무것도 아닌 것 갖고 속마음을 숨기는 애들이 있어서 그렇다.'

'그래도 그렇지, 그렇다고 신발을? 아닐 거야.'

'근데 신발을 어떻게 찾지?'

'에이씨! 그 자식이 화장실에 빠트려 버리기라도 했으면 큰일인데…, 어떡하지? 제기랄!'

혹시라도 학교의 재래식 화장실 똥통 속에 출렁이며 빠졌을 신발을 생각하니, 수철이는 순간 닭살이 돋았고 이어서 화딱지가 났다.

'혹시 저 자식이? 동선이가? 혹시 민범이?'

친구들을 수상히 여기며 아이들의 얼굴 표정, 행동, 말 한마디조차 수철이는 흘려 버리지 않으려 했다. 없어진 신발 때문에 나빠진 기분과 답답함, 속상함은 간데없고 탐정이라도 된 양 의심하고 추리하는 '재미'에 빠진 것 같기도 했다.

수업이 끝나고 아이들은 모두 썰물처럼 학교를 빠져나갔다. 북적대던 교실과 복도가 조용해졌다. 수철이는 텅 빈 복도를 홀로 왔다 갔다 하며 신발장을 훑고 있었다.

"애들이 한 명도 없으니까, 나름 이것도 조용하고 좋네. 여기도 없고…. 여기도 아니고…."

수철이는 웅얼거리며 신발을 찾고 있었다.

"앗! 깜짝이야!"

수철이가 놀라서 뒤로 넘어져 엉덩방아를 찧었다.

이 학년 이 반 신발장 맨 아래 칸을 허리 숙여 살피고 일어서는 순간, 꼿꼿이 서서 수철이를 내려다보는 어떤 아이와 눈이 마주쳤다. 아이가 교실에서 나온 것인지 집에 가다가 다시 학교로 돌아온 것인지는 알 수 없었다. 종종 복도에서 부딪치는 옆 반 아이였다.

두 명의 학생이 마주 보고 서 있는 길고 텅 빈 복도에 어색한 공기가 흘렀다.

그 아이는 하얀 끈과 대비되는 까만 운동화를 들고 있었다. 여자아이 같은 단발머리를 해서 사내놈이 재수 없게 예뻤다. 엄마 따라

미용실에 가서 머리를 한 모양이었다.

그 아이는 착한 눈을 하고 있었다. 눈이 착해서인지 아이의 불안한 시선이 도드라져 보였다. 수철이는 앞에 선 아이의 모습을 그렇게 봤다.

수철이는 그 아이, 옆 반 아이에게 다가가서 느닷없이 이렇게 말했다.

"혹시, 니가 내 신발 감췄니?"

수철이의 벼락같은 물음이었다. 아이가 어른보다 우월한 게 있다면 그건 직관일지 모른다.

"…"

옆 반 아이의 눈이 흔들렸다.

"니가 그랬지? 그치?"

수철이가 한 걸음 다가가 다시 물었다.

"…"

이번에는 옆 반 아이가 움찔하며 뒷걸음질 쳤다.

"니가 내 신발 숨겼지?"

"아, 아니!"

아니라는 말을 하긴 했지만, 그 아이의 대답이 조금 늦었다는 걸 수철이는 놓치지 않았다. 수상한 건 말보다 표정이었다.

하루 종일 의심을 품고 탐정 놀이를 하며 지내던 수철이의 눈초리가 매서웠던 것일까. 아니면 아이란 게, 어설픈 거짓말은 할 수 있어도 거짓 표정은 지을 수 없어서일까. 아무런 증거는 없었지만, 짐작만으로 수철이는 그 아이가 그랬다는 걸 바로 알 수 있었다.

확신을 하며 수철이는 뭔지 모를 기쁨을, 통쾌함을 느꼈다. 수철이는 한달음에 달려서 교무실로. 그리고 담임 선생님에게 말했다.

"선생님! 신발 감춘 애를 찾았어요! 지금 저기 복도에 있어요. 불러올까요?"

담임 선생님이 그 아이를 교무실로 불렀다. 옆 반 아이는 교무실에 들어가기 전부터 고개를 푹 숙였다.

결국, 수철이는 담임 선생님을 통해 신발을 감춘 범인이 그 아이란 걸 알게 되었다. 그러나 신발은 찾지 못하고 선생님이 내주신 실내화를 신고 집에 와야 했다.

'아! 그 자식이 신발을 똥통에 빠트려 버렸어.'

불길한 예감은 언제나 틀리지 않고 적중했던 것이 이때부터지 싶다.

같은 반이 아니라서 수철이는 그 아이와 직접적으로 부딪칠 일이 없었다. 서로에 대해 아는 것도 없었다.

'왜 그 자식이, 왜 내 신발을 버렸을까?'

수철이는 따지고 싶었다.

다음 날 아침, 수철이는 등교하자마자 옆 반 신발장을 살폈다.

까만 운동화, 흰색 끈의 신발이 있었다.

"야! 잠깐 나와 봐!"

"…."

"너, 내 신발 어디다 버렸냐?"

수철이는 알면서도 그 아이의 입으로 말하는 걸 듣고 싶었다.

"몰라. 아니 미안해."

"니가 버린 걸 왜 모르냐? 어디다 버렸냐고?"

"그게… 화장실에… 그거 못 찾아. 미안해."

"나쁜 새끼! 에잇, 진짜!"

"…"

"야!"

수철이는 소득 없이 돌아서서 자기 교실에 들어가려다 말고, 다시 옆 반 아이를 불러 세웠다.

"근데, 너 나 아냐? 나 아냐고?"

"너 반장이잖아?"

"그래. 그거 말고 아는 게 또 뭐냐? 내가 너한테 뭐, 뭐 잘못한 거라도 있냐?"

"…"

"뭐라고 말 좀 해 봐, 새끼야! 너 왜 내 신발을 찾지도 못하게… 거기다 버렸냐고?"

"그냥…. 넌 나랑 다른 게 많은 거 같아서… 그냥 괜히 미운 것도 같고, 싫은 것도 같고…. 모르겠어."

"에이씨! 그게 무슨 말이야? 왜 나를 미워하고 싫어하는데? 알지도 못하면서?"

"…"

고래고래 소리 지르는 수철이의 고함 때문에 옆 반 아이는 놀라서 몸을 움츠렸다. 옆 반 아이들 전체가 놀라고 어리둥절해져서 웅성거렸다.

수철이가 돌아서서 등을 보이자, 그제야 옆 반 아이는 교실로 들어갔다. 그때도 아이는 잔뜩 위축되어 있었고 힘없이 고개를 푹 숙이고 있었다.

수철이는 어떤 운동화 한 켤레를 들고 학교 화장실 앞까지 가서…, 잠시 망설였다. 그리고 교실로 돌아오는 길에 그것을 화단에 팽개쳐 버렸다. 까만 운동화에 흙이 묻고 헐거웠던 하얀 끈이 풀렸다. 그 운동화를 다시 주워 들고 수돗가로 가서 수도꼭지를 틀었다. 복도에 물이 뚝뚝 떨어지는 것도 모르고 수철이는 젖은 운동화를 원래 있던, 옆 반 신발장에 두었다.

아침 조례 시간이 되어서 담임 선생님이 교실에 들어왔다.

"최수철!"

"네!"

수철이는 흠칫 놀라서 대답했다.

"인사 안 할 거니?"

'아차!'

"차렷! 선생님께 경례!"

"…봄을 시샘하는 추위가 며칠째 기승을 부리고 있어서, 꽤 춥구나. 옷 따뜻하게 입고 모두 감기 조심해야 해. 그리고 자기 것이 아닌 물건엔 절대 손대지 말아야 하구."

'겨울이 봄이 오는 걸 싫어한다는 건가? 계절끼리 왜 샘을 내는

건지, 참.'

선생님 말씀대로 그날은 봄인데도 몹시 추웠다.

6. 신발 찾기 Ⅱ

반복해 생각해 봐도, 자기가 왜 오해를 받아야 하는지
어린 수철이는 이해할 수 없었다.

Why Are You WHITE?

콰아아! 파아아! 하고 시도 때도 없이 서해안 매향리 상공을 가르
는 미군 전투기의 굉음이 오늘은 없다.

파랗고 구름 한 점 없는 맑은 하늘이다.

"어쩜 저렇게 깨끗할까?"

교실로 들어가기 전 하늘을 올려다본 수철이 기분은 파란 하늘처
럼 덩달아 맑고 좋았다. 교실 창문을 통과한 햇빛 안에서 아이들이
만들어 낸 먼지 조각들이 춤을 췄다. 아이들은 자리에 앉아 교과서
와 공책을 꺼내 책상 위에 펼쳤다.

직접 실험해 보는 거라면 모를까, 그렇지 않으면 지루하기 짝이 없
는 수업이 자연('과학' 과목의 이전 명칭, 2001년까지 사용됨) 시간이었다.
선생님이 교탁 위에 플라스틱 바구니 하나를 올려놓았다. 바구니엔
저울, 쇠막대, 양초와 알코올램프 등이 담겨 있었다.

'열전도 실험 비교!'

선생님이 칠판에 오늘 공부할 단원명을 썼다.

"얼음을 움켜쥐면 손이 차갑죠?"

"네!"

아이들 목소리가 우렁차다.

"찬 기운이 손바닥에 전달돼서 그래요."

아이들이 고개를 크게 끄덕였다.

"더운물과 찬물을 섞으면 미지근해지는 것도 서로 열이 전달되는 거고요. 그러니 여러분들은 이미 생활 속에서 열전도를 경험한 거나 마찬가지고, 그것이 무엇인지도 알고 있는 거예요."

선생님의 한 마디 한 마디가 귀에 쏙쏙 들어왔다.

"와아! 정말! 쇠막대 끝에 촛농이 녹아내려!"

"초콜릿이 녹아서 네모난 초콜릿 모양이 없어져!"

램프로 가열한 유리 위에서 초콜릿이 녹았다. 몇몇 아이들이 감탄하며 보이는 대로 말했다. 아이들 대부분은 엉덩이를 들썩이며 목을 빼고 선생님이 보여 주는 실험을 초롱초롱 지켜봤다. 대여섯 명이 한 모둠이 되어 직접 해 보기도 했다.

"얘들아! 직접 실험하고 관찰해 보니까 어때요?"

"재밌어요!"

아이들이 합창하듯 대답했다.

"재미도 있고 이해도 더 잘 가죠? 자, 우리 오늘 마지막 수업은 여기까지! 반장, 인사!"

"차렷! 선생님께 경례!"

"감사합니다!"

마지막 수업이라 집에 갈 마음에 아이들 목소리는 한층 더 컸다.

수업이 끝나고 집으로 가는 아이들 표정이 뿌듯해 보였다. 몇몇은 공이라도 차며 좀 더 놀 요량으로 운동장으로 향했다.

오늘은 일 분단 왼쪽 줄에 앉는 아이들이 청소하는 날이다. 수철이도 청소 당번이라서 빗자루를 들고 바닥을 쓸었다. 웬일로 청소가 즐거워서 소리 없이 웃음 짓게 되는 날이다.

"얘들아, 청소 검사 맡으러 선생님한테 갔다 올게!"

교무실로 간 수철이가 선생님과 함께 금방 돌아왔다. 교실을 둘러보는 선생님의 얼굴에 미소가 흘렀다.

"깨끗하게 청소를 참 잘했구나. 착하다!"

선생님의 청소 검사는 언제나 칭찬이었다.

"얘들아, 얼른 집에 가자!"

수철이의 재촉에 친구들은 말없이 표정으로 답했다. 친구들의 표정은 그저 밝고 좋았다. 그렇게 아이들이 신발장에서 각자의 신발을 꺼내 집에 가려는데, 한 친구가 소리쳤다. 무척 당황한 목소리였다.

"신발이 없어! 내 신발이 없어졌어!"

안절부절못하며 소리를 지른 아이는 영우였다.

영우는 수철이가 요즘 제일 친하게 지내고, 집 방향이 같아서 하굣길을 항상 함께하는 아이였다.

"정말 없어진 거야? 다시 봐봐!"

"수철아, 봐! 없잖아! 아까까지도 여기 그대로 있었다고! 여기! 근데 감쪽같이 없어졌어!"

"나랑 같이 찾아보자. 밖에 어디 있을 거야."

"…"

영우 얼굴이 무척 어두워졌다.

"교실 밖 계단에도 가 보고 창밖 화단에도 가 보자. 나도 신발 잃어버린 적이 있어서 니 맘 안다. 같이 찾아 줄게."

"…"

"영우야, 넌 먼저 선생님께 말씀드리고 와라. 난 계속 찾고 있을 테니."

"알겠어. 선생님께 말씀드리고 올게."

영우는 서둘러 교무실로 갔다. 그리고 조금 있다가 영우는 선생님과 함께 교실에 들어왔다.

"아직 못 찾았니?"

선생님이 교실 앞, 복도에서 말했다.

"강당 주변하고 운동장 그리고 수돗가에도 가 봤니?"

"거기는 아직…"

수철이가 말을 흐렸다.

"가까운 데부터 다시 한번 찾아보고. 음, 선생님은 교무실에 있을 거니까 찾거들랑 바로 선생님한테 오너라. 그리고 혹시 못 찾… 가까운 데 어딘가에 있을 거야. 선생님은 뭐든 없어지면 늘 가까운 곳에서 찾게 되더라. 너무 걱정하지 말고 찾아보자."

두 아이는 선생님 말씀대로 가까운 곳을 다시 둘러보았다.

수철이는 영우와 함께 교실을 중심으로 구석구석 있을 만한 곳은 모두 찾아다닌 것 같았다. 그렇지만 시간만 흘러, 벌써 선생님들이 퇴근할 무렵이 되었다.

웬만한 데는 다 찾아보았다고 생각한 수철이는 마지막으로 후문으로 나가서 덤불로 된 울타리 주변을 살펴보기로 했다. 거기로 가려면 후문으로 나가서 다시 교실 쪽으로 돌아와야 하지만, 교실과의 직선거리로는 매우 가까운 곳이었다. 수철이네 삼 학년 교실 바로 뒤가 거기였다.

후문으로 나가서 교실 쪽으로 돌아서자마자, 울타리 밑에 얌전히 놓여 있는 파란색 운동화가 눈에 띄었다.

"영우야! 여기! 신발! 신발 찾았어!"

영우의 신발은 울타리 바로 밑에 새침하게 놓여 있었다. 영우의 신발이 어떤 것인지 잘 몰랐었지만, 그것이 영우 신발이라는 것을 수철이는 알 수 있었다.

"너 때문에 집에 가지도 못하고 얼마나 힘들었는 줄 아냐?"

수철이는 들고 있는 영우의 신발을 나무라듯 혼잣말을 했다. 그리고 신발을 영우에게 가서 보여 주었다.

"와! 내 꺼다. 내 꺼 맞아! 수철아, 고마워!"

영우가 자기 신발인 것을 확인하고 두 아이는 교무실로 갔다.

수철이는 으쓱해져서 만면에 미소를 지었다. 웃음소리가 없어서 그렇지, 크게 웃는 것 같았다. 발걸음도 성큼성큼 빨랐다.

드르륵!

교무실 미닫이문이 열리는 소리가 경쾌했다.

"선생님, 신발 찾았어요!"

"그래? 어디서 찾았니?"

"우리 반, 교실 뒤편 울타리 밑에 운동화가 있었고요. 제가 그걸 발견했어요."

수철이가 의기양양하게 말했다.

"그래. 음…"

선생님은 오른손에 쥔 볼펜을 내려놓으며 말했다.

"수철아, 혹시… 니가 말이야…"

"네, 선생님."

"수철아, 그런데 혹시… 영우 신발 니가 숨겼던 건 아니니?"

수철이는 선생님의 물음에 순간 입이 얼어 버렸다.

"네?"

"…"

"아, 아니요!"

"…"

"제가요?"

"…"

수철이는 어쩔 줄 몰라 했다. 선생님은 그런 수철이를 표정 없이 바라보았다.

"선생님, 저, 제가 신발을, 영우 신발을 왜 숨겨요?"

수철이의 당황해하는 말들이 뚝뚝 떨어졌다.

"그래, 그래. 알았다. 자, 신발도 찾았고 시간은 늦었으니 어서 집에 가자. 선생님도 퇴근해야겠구나."

영우는 내내 아무런 말을 하지 않았다. 수철이 표정을 읽고 수철이에게 말을 걸 수 없었을 것이다. 선생님처럼 수철이를 의심하는 것 같지는 않았다.

교무실을 나오면서 수철이는 머리가 멍했다. 몸도 굳는 것 같았다.

수철이는 칭찬을 기대했었다.

"영우는 수철이한테 한 턱 내야겠는걸!"

선생님이 웃으면서 그럴 줄 알았다.

'그런데 친구 신발을 숨긴 범인으로 오해받다니⋯. 집에도 안 가고 늦게까지 친구의 신발을 찾느라⋯. 결국 내가 찾아 줬는데. 운동장에서 친구들하고 놀지도 않고 어쩔 줄 몰라 하며 울상인 영우 옆에 내가 있었는데.'

수철이는 억울했다.

"수철아, 영우 신발 니가 숨겼던 건 아니니?"라는 당혹스러운 선생님의 물음에 제대로 말을 잇지 못하고 바보처럼 얼버무렸다는 생각 때문에 수철이는 또 속상했다. 반복해 생각해 봐도, 자기가 왜 오해를 받아야 하는지 어린 수철이는 이해할 수 없었다. 화가 났다.

저녁이 가까워지는데도 하늘은 아직 구름 한 점 없이 너무 맑았다.

수철이는 돌멩이 하나를 주워 들었다.

운동장 한가운데 이르렀을 때 수철이는 멈춰 섰다. 손아귀와 어깨에 힘을 잔뜩 주어 돌멩이를 하늘을 향해 힘껏 던졌다.

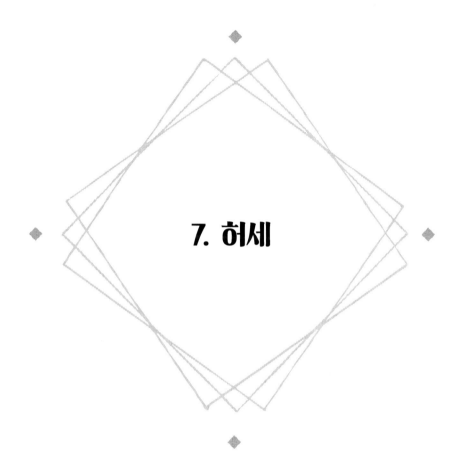

7. 허세

그때는 허세가 아니었다.
그런데 삼십 년이 넘는 세월이 흐른 뒤,
지금 허세를 부리고 있다.
종종 그러고 있다.

아이들이 동네 형들에게서 시선을 떼지 못했다.

형들은 조그만 나무토막 같은 것을 세로로 찢어 질근질근 씹고 있었다. 형들은 입 안에서 뭔가를 자주 "퉤! 퉤!" 뱉어 내며 뭉뚝한 것을 앞니로 조금씩 찢어서 껌처럼 씹었다. 근데 껌은 아니었다.

처음에는 씁쓸한 맛이 나고, 시간이 지나면서 단맛이 우러나는 그건, 껌처럼 씹다 버려지는 칡이다. 그게 뭐라고 여기저기 동네마다 아이들 사이에서 유행처럼 번지고 있었다. 수철이가 사는 동네에서도 칡을 씹고 다니며 그게 뭐라고 으스대는 형들의 모습을 흔하게 볼 수 있었다.

동네 형들이 손아귀에 딱 쥐어지는 뭉뚝한 칡을 들고 삐딱하게 입을 오물거렸다. 햇살을 등지고 골목을 지나가는 형들의 모습이 어린 동생들은 부러웠다. 그러하니 수철이의 마음에 '한번 칡 캐러 가 볼까?'라는 생각이 든 것은 오늘이 처음은 아니었다.

쾌청한 하늘! 일요일 오후 한 시!

수철이는 칡을 캐러 가기에 최적이라 생각했다.

"칡 캐 보고 싶지 않니?"

"…."

"칡 캐러 갈래?"

"우리끼리?"

"아니! 몇 명 더 모아야지."

"어디로 갈 건데?"

"남산! 형들이 남산으로 가더라."

"나도 갈 수 있어."

"나두 갈래!"

"너는?"

"갈게."

"저기, 쟤네들한테도 얘기해 봐!"

"정철이도 불러올까?"

"그래."

"알았어."

수철이는 우선 함께 갈 만한 친구들과 한두 살 어린 동생들을 규합했다.

수철이가 사는 동네에는 산이라 할 만한 것이 두 개 있었다. 쌍봉산과 남산. 쌍봉산은 봉우리가 두 개여서 쌍봉산. 거기에는 바위가 거의 없고, 남산은 왜 남산이라 불렀는지 모르나 거긴 바위가 많았다. 남산 정상엔 엄청나게 커다란 바위가 있었다. 아이들은 돌과 바위가 많은 산과 그렇지 않은 산으로 특징을 이야기하며 쌍봉산과 남산을 구별했다.

형들은 주로 남산에 가서 칡을 캐 오곤 했다. 그래서 아이들의 목적지는 남산. 인원은 다섯 명이었다. 한낮의 짧은 모험이라 해도 좋겠다. 아이들 발걸음에 기운이 넘쳤다. 동생 한 명이 삽자루 하나를 챙겨 와서 장비란 것까지 생겼다. 아이들은 만반의 준비라도 된 양 우쭐했다.

'무엇이든 시작이 좋아야 한다는데…'

수철이는 기분 좋은 하루를 예감하며 아이들과 길을 나섰다.

"형! 있잖아. 학교에서…"

"정말?"

"너, 어제 텔레비전에서 그거 봤니?"

"어떤 거?"

"형, 우리 칡 캐고 나서 집에 가면, 저녁 먹고 또 놀자!"

"난 텔레비전 볼 건데. 헤헤."

"나도 저녁 먹고 또 나올 수 있어."

"근데, 칡은 얼마만큼 캘 거야?"

아이들이 쫑알쫑알 신이 나서 말이 많아졌다.

산을 오르는 동안 갈증은 밭에서 하얀 속살을 드러낸 무를 뽑아 달랬다. 흙 묻은 무 껍질을 앞니로 벗겨 내 시원하게 베어 물면, 동생들도 그것을 따라 했다.

얼기설기 나무를 타고 올라간 칡넝쿨은 곳곳에 널려 있었다.

"야! 여기!"

"이거 칡 맞지?"

"그런 것 같다. 파 봐!"

"여기도!"

"…."

"이게 칡이야!"

"이것도 칡이네!"

한 뿌리, 두 뿌리 연이어 캤다.

아이들은 칡이란 놈이 이렇게 흔해 빠진 것인 줄 처음 알았다. 발견하는 것도 캐는 것도 어렵지 않아서 오히려 기운이 빠지는 것 같기도 했다. 김이 샜다고 할까. 처음에 아이들이 무엇을 기대했는지 몰라도 수철이는 조금 실망했다.

매우 쉽게 칡을 캐며 신선함과 흥미가 떨어질 즈음, 수철이는 허리를 펴며 저 멀리 쌍둥이처럼 높이 솟은 굴뚝 두 개를 바라보게 되었다. 평소에도 그 굴뚝이 궁금했지만, 그때까지 한 번도 누구에게 물어본 적은 없었다.

"야, 저게 뭐냐?"

"…."

"저기가 어디야?"

"어디?"

"저어어기! 저거 안 보여?"

수철이가 손을 뻗어 저 멀리 굴뚝을 가리켰다.

"어, 저기? 굴뚝? 우리 엄마가 그러는데 저거 평택화력발전소래."

어떤 아이가 수철이처럼 손을 뻗어 검지로 굴뚝을 가리키며 말했다. 아이들 시선이 모두 그 아이의 손가락을 따라 멀리 굴뚝을 향했다.

"얘들아, 조금만 가면 저기 화력발전소까지 갈 수 있지 않을까?"

수철이가 말했다.

"저기 굴뚝까지?"

"어."

"…"

"굴뚝이 되게 가까운 것 같지 않냐?"

"가까워 보이긴 해. …좀 가까운 거 같애."

"나는 굴뚝 바로 밑에서 어마어마하게 거대하고 높은 굴뚝을 올려다보고 싶다. 얼마나 높은지 얼마나 엄청나게 큰지 말이야."

수철이는 굴뚝 바로 아래까지 가 보고 싶었다.

"그것도 재밌겠다. 여기서도 저렇게 커 보이는데 바로 밑에서 올려다보면 어마어마하겠다! 헤헤."

정철이가 맞장구쳤다.

"조금만 가면 갈 수 있을까?"

"한 시간이면 되겠는데!"

"그럼 꾸물대지 말고 빨리 가자!"

남산 정상에 선 아이들 눈 아래 보이는 굴뚝은 멀기는 하나, 충분히 걸어서 갈 수 있는 거리처럼 보였다. 모두에게 제법 가까이 있는 것 같았다. 그것이 착시 현상이었는지, 단지 칡 캐는 것 말고 뭔가 해 볼 만한 다른 것이 필요했는지, 아니면 둘 다였는지 모르지만 거기까지 가야 할 특별한 이유 없이도 다섯 명 아이들의 생각은 똑같았다.

"그래, 화력발전소로 가자!"

새로운 도전으로 다시 기운이 충전된 아이들은 열심히 걷기 시작했다. 주고받는 별말 없이 걷고 또 걸었다. 계속 걸었다. 아무런 얘기 않고 아이들은 걷기만 했다.

그러나 한참을 걸어도 굴뚝과 다섯 명 아이들과의 거리는 좁혀지지 않는 것 같았다. 이것 역시 다섯 명 아이들이 비슷하게 느끼고 있었다. 화력발전소 굴뚝은 잡힐 듯 말 듯, 아니 변함없이 저 멀리 있었다.

그때 정철이가 아이들 사이의 정적을 깨고 말했다.

"언제까지, 얼마나 더 가야 하는 거야?"

"…"

뭐라 답할 수 있는 아이는 없었다.

"아직도 멀었어? 아직 먼 거냐고? 누가 좀 말해 봐!"

정철이가 땅바닥을 발로 차며 말했다. 흙먼지가 날렸다.

아이들은 어느 순간부터 조금씩 자기들의 결정, 그러니까 화력발전소 굴뚝까지 가기로 했던 것에 회의적인 태도를 보이기 시작했다.

그래서 정철이의 물음이 한편으론 반가웠는지 모른다. 노진리에 다다랐을 때였다.

"집에 가자!"

"…."

"우리 돌아가자고!"

태호가 말했다.

모두가 속으로 기다리던 말이었다. 이제는 여기까지 걸어온 만큼 거의 두 시간을 걸어서 돌아가야 했다. 어디든 멀리 간 만큼 돌아올 때도 그만큼의 시간이 걸린다는 사실을 전에는 아이들이 알지 못했다. 진작에 알았다면 조금 더 일찍 발걸음을 돌렸을지 모른다. 정철이의 말에 마음이 흔들렸던 아이들은 태호의 제안으로 발걸음을 돌리게 되었다.

수철이는 친구와 동생들에게 미안했다. 친구와 동생들이 동의했지만, 처음에 굴뚝이 가까워 보인다며 화력발전소까지 걸어가 보자고 부추겼던 것은 수철이였다.

"아, 배고파!"

정철이 입에서 나온 말이었다.

아이들은 기운도 없고 다리도 아팠다. 하루 종일 망아지처럼 뛰어다니는 팔팔한 아이들이라 배고픔은 더 했다. 그때, 수철이가 돈 얘길 꺼냈다.

"아차! 나 오백 원 있는데…."

오백 원이 있다는 말을 수철이가 해 버렸다. 그리고 나머지 아이들은 거의 동시에 수철이를 쳐다봤다.

"빵 사 줄까?"

"오백 원?"

"진짜?"

"여기 어디 가게 없냐?"

"없, 없어. 없는데…. 그치만 좀 더 가면 있지 않을까?"

그렇게 오백 원이 수중에 있다는 말이 수철이 입을 떠나 버렸고 돈의 존재는 기정사실이 되었다. 한번 입을 떠나 버린 말은 회수가 되지 않는다는 것을 알았다면, 수철이는 그런 말을 하지 않았을 것이다. 하지만 현실은 그렇지 못했다.

아무튼, 아이들에게 오백 원은 거금이었다. 빵은 물론 사이다, 콜라까지도 살 수 있는 금액이었으니까.

다섯 명의 아이들이 다시 기운을 내서 걷기 시작했다. 동네에 도착하면 수철이가 뭐라도 사 줄 것이라고 아이들은 굳게 믿고 있었다. 수철이는 걱정이 앞섰다. 겉으로 보이는 모습은 다른 아이들과 다를 바 없었지만, 수철이 속은 까맣게 타들어 갔다. 수철이 심정을 알 리 없는 나머지 네 명은 엄청 신이 났다. 집에 돌아가자며 투덜대던 아까 전의 모습은 온데간데없이 사라졌다. 어떤 녀석은 휘파람까지 불었다. 이유는 알 수 없으나, 수철이는 자기가 누구보다 활기차게 걸어야 한다고 생각했다.

집이 가까워질수록 수철이 마음이 복잡해졌다. 그야말로 혼돈이었다.

"수철아, 저기 가게 보인다. 아까 말한 대로 오백 원으로 우리 같이 빵 사 먹자!"

정철이가 말했다.

'어쩌지?'

수철이는 사실을 말할 수 없었다. 사실대로 말하는 것이 아이들을 더 기운 빠지게 하는 것이라 생각했다. 수철이는 거짓말했음을 고백하지 않았다. 아이들을 실망시켜선 안 된다고 생각했다. 그렇다고 없는 돈을 내놓을 수도 없는 일이어서 머리가 복잡했다. 먹은 것 하나 없는데 수철이는 속도 거북했다.

'어떡하지?'

수철이는 자신도 무슨 말인지 모르는 이런저런 구차한 변명을 대며 친구와 동생들을 실망시켜 버리고 말았다.

"그깟 오백 원!"

"하루 종일, 같이, 힘들게 보낸 친구하고 동생들에게 왜 못 쓰냐?"

"먼저 빵 사 주겠다고 말 꺼낸 사람은 형이잖아?"

아이들의 원성이 줄줄이 터졌다.

수철이는 입 다문 채 원망을 고스란히 들어야 했고 스스로에 대해 실망하고 말았다. 얼떨결에 실속 없이 수철이는 겉으로 허세만 부린 꼴이 되었다. 부끄럽고 후회스러웠고 친구와 동생들에게 너무나 미안했다.

수철이는 미안함에 피곤함도 다리 아픈 것도 느낄 수가 없었다.

'왜 내가 있어 보이려 했는지…. 도대체 왜 그랬는지….'

수철이는 아이들과 헤어졌고 해는 뉘엿뉘엿 기울어서 날은 이미 어두워졌다. 저녁 시간이 훨씬 지나 버려서, 어쩌면 엄마가 수철이를 많이 찾았을 것이다.

수철이는 뚜벅뚜벅 홀로 걸어가며 바지 주머니에 손을 찔러 넣었다. 주머니 속에서 뭔가 만져지는 것이 있었다. 수철이는 말라 버린 그것을 꺼내 씹었다.

'씁쓸하다.'

참 많은 일이 있었다.

과거로부터 몇 걸음 걸어 나오지 않은 것 같은데 삼십여 년의 세월이 흘렀다.

가끔 그때 생각이 날 때가 있다.

검은 구두에 밟히는 낙엽 소리가 귓속말처럼 가까이 들릴 때면 더 그렇다.

툭! 플라타너스 잎이 어깨를 친다.

하늘을 가린 플라타너스 나무보다 훨씬 높았던 굴뚝….

회색 하늘 건너 보이는 시티타워 같았던 굴뚝을 회상한다.

그때는 허세가 아니었다. 그런데 삼십 년이 넘는 세월이 흐른 뒤, 지금 허세를 부리고 있다. 종종 그러고 있다.

8. 미소

낯선 이방인과 주고받았던 미소,
그 짧았던 순간이
오랫동안 수철이 마음에 기억될 수도 있는 일이다.

아침밥을 먹고 나서, 책가방을 정리하던 수철이가 낯선 책 한 권을 가방에 넣었다. 교과서는 아니었다.

"영우야, '하우알유'가 무슨 말인지 아냐?"

"하우… 뭐?"

"하우알유."

"몰라. 근데 그거 영어지?"

"'안녕하세요'란 말이 영어로 '하우알유'야."

수철이가 집에서 학생백과사전 전집 중에 한 권을 가져와서 책상 위에 펼쳤다.

"이걸로 영어 할 수 있을 것 같애."

수철이가 말했다.

"어디 봐봐!"

"…"

"그러게, 설명 잘 돼 있네! 근데 영어 해서 뭐 하게?"

영우가 영어 책을 보면서 수철이에게 물었다. 수철이는 말없이 미소만 지었다.

학교 앞을 지나 마을 뒷길로 이어지는 도로에서 수철이는 종종 미군 지프차와 트럭을 본 적이 있었다. 아빠가 말하길 바닷가 근처에 쿠니사격장('매향리사격장'의 다른 이름, 인근 지역명 '고온리'를 미국식 발음으로 '쿠니'라고 불렀음)이 있고, 그곳에 미군 부대가 있다고 했다. 아마도 수철이가 본 미군 지프차와 트럭은 그곳으로 향하거나 그곳에서 나온 것이리라. 수철이는 그 미군들과 대화를 해 보고 싶었다. 집에서 가져온 책 한 권으로 그것이 가능하다고 생각했다.

어젯밤에 수철이는 아빠, 엄마랑 텔레비전 드라마를 봤다. 드라마 속에, 미군 트럭을 쫓아 뛰어가는 아이들 무리가 있었다. 트럭이 멈췄고 트럭에서 내린 두 명의 미군은, 달려온 꼬맹이들에게 초콜릿과 과자를 나눠 주었다. 드라마의 그 장면처럼 미군 병사에게서 초콜릿을 받아 보고 싶은 마음도 수철이에게 있었다.

다음 날 아침에도 수철이는 가방에 영어 책을 넣었다.

친구들은 가지고 다니지 않는 책 한 권으로 인해 수철이는 자기가 남들과 구별된다고 생각했다. 정확히 말하면 구별되고 싶었다는 게 맞겠다. 약간의 우월감을 느끼기도 했다. 하지만 그 책을 펼쳐서 열심히 공부한 건 아니었다. 아니 전혀 펼쳐 보지 않은 날이 많았다. 근데 가방 안에 영어 책이 있다는 것만으로 수철이는 마음이 부풀어 올라 부자가 된 것 같았고 똑똑해지는 기분도 들었다.

학교에서 돌아온 수철이는 가방에서 영어 책을 꺼냈다. 여느 날과 달리 밖으로 뛰쳐나가지 않고 책상 앞에 앉았다. 수철이가 영어 공부하는 시늉을 하는 동안 수철이의 형은 세시풍속과 전통 놀이 내용이 담겨 있는 백과사전을 펼쳐서 읽었다. 형은 지금 뭔가를 만들려고 하는 것 같다.

"연 만들어 볼까?"

"연? 무슨 연? 가오리연?"

이미 영어 책에서 눈이 떨어진 수철이가 물었다.

"아니, 방패연!"

"형이 만들면, 뭐 무슨 작품이 되겠지."

수철이는 미소 지으며 말했다. 사실, 수철이의 형은 그림, 공작, 서예 등 미술에 재능이 남달라 학교 대표로 대회에 출전해서 상 받은 게 여러 번이었다.

"형, 어디 가려고?"

형이 책을 덮고 일어서자 수철이가 또 물었다.

"너 책 안 읽냐?"

"안 읽어도 돼."

"대나무 좀 구하려고. 요 앞, 영환이네 집 뒤에 창고 있잖아. 거기."

"아! 거기 대나무 살? 나도 봤다."

"같이 갈래?"

형제는 이웃집 창고로 갔다.

"아, 여기, 여기 있다."

형은 기다란 대나무 살을 한 가닥 뽑았다. 그리고 형은 헝겊 조각으로 삼 미터 정도 길이의 대나무 살을 한쪽 끝에서 다른 쪽 끝까지 훑듯이 닦아 냈다. 먼지가 덩어리가 되어 떨어졌다.

"수철아, 백 원 줄 테니까 지물포에서 창호지 두 장만 사 와라."

"창호지? 알았어. 얼른 갔다 올게."

형제는 방바닥에 앉아 대나무 살을 다듬었다. 옆에는 학생백과사전을 펼쳐 놓은 채다.

"장살 두 개, 머릿살, 허릿살, 중살. 그렇게 다섯 개구나!"

수철이가 책을 보며 말했다.

"그래. 다섯 개."

"형, 방패연에 구멍이 작은 것도 있고 큰 것도 있는데, 왜 그런 거야?"

"거기 좀 더 읽어 봐! 바람이 많이 부는 지역에선 구멍이 커야 하고 바람이 적은 곳에서는 구멍을 작게 만들어. 그리고 방패연 중앙에 있는 구멍을 '방구멍'이라고 하는데, 그 구멍이 바람 조절 역할을 해."

수철이는 책에서 잠시 눈을 떼고, 대나무 살을 칼로 다듬으면서 얘기하는 형을 존경스레 바라보았다.

"너, 연 중앙에 구멍이 뚫린 건 우리나라 방패연밖에 없는 거 아냐?"

"진짜?"

"몰랐구나? 하하!"

"다른 나라에는 없어?"

"없다. 방패연이 유일하지."

"일본도? 미국에도?"

"없어."

"형, 난 '방패연'이란 이름이 좋다. 괜히 든든한 것 같고. 음, 천하무적 같애!"

"천하무적? 하하! 니 말 듣고 보니 그렇게도 들린다. 수철아, 창호지 가로는 삼십 센티미터로 하고 가로세로 비율은 이 대 삼으로 해라."

"그렇게 자르라는 거지?"

"그래. 삼십, 사십오 센티."

형제는 따끈한 방바닥에 앉아서 제법 오랜 시간 연 만들기에 열중했다. 대나무 살은 무겁지 않게, 얇게, 그러나 튼튼하게 적당한 굵기로 다듬었다. 중앙에 구멍을 낸 창호지 상단에 형이 빨간색과 파란색 물감으로 반달 문양을 그려 넣었다. 그러고는 풀과 손가락 길이의 직사각형 창호지 조각으로 대나무 살 다섯 개를 창호지에 고정시켰다.

"수철아, 안방에 바늘하고 실 넣어 두는 통에서 실패 좀 가져와라."

"실패?"

"실 감아 둔 거!"

"아!"

수철이가 금방 실패를 가져왔다. 마지막으로 수철이의 형이 책을 보며 방패연 상단 모서리와 하단 중앙에 실을 묶어서 균형을 맞췄다.

"형, 내일 연 날리자."

"난 내일 조금 크게 하나 더 만들까 싶다. 난 날리는 것보다 만드는 게 더 재밌어."

"더? 더 재밌지는 않을 거 같은데…."

동생의 말을 듣고 형은 미소 지었다.

'만드는 게 재밌기는 하지만, 그래도 연날리기하려고 만드는 거 아닌가?'

수철이는 형과는 다른 생각을 했다. 그치만, 더 말하지 않고 단지 '다르구나.' 생각하고 말았다.

다음 날 마지막 수업이 끝나자마자 수철이가 창밖으로 고개를 내밀어 하늘을 올려다보았다. 눈이 내릴 것 같지는 않았다.

수철이는 가방을 메고 친구 몇 명과 함께 운동장으로 나갔다. 수철이네 일행보다 앞서서 정문 밖으로 막 나선 아이들 대여섯 명이 갑자기 무리 지어 우르르 뛰기 시작했다. 아이들은 학교 앞 도로를 향해 뛰는 것 같았다. 그렇게 하라고 시킨 사람은 아무도 없었지만, 수철이와 친구들도 앞선 아이들이 뛰어가는 쪽으로 덩달아 뛰었다.

학교 앞을 조금 지난 길가에 미군 트럭 한 대가 서 있었고 아이들이 트럭을 에워싸고 있었다. 미군 세 명이 하얗고 커다란 손을 내밀어 아이들과 일일이 악수하고 있었다. 수철이는 그곳으로 뛰어가서 다른 아이들은 알 수 없는 말을 내뱉었다.

"하우알유? 하우알유? 하우알유?"

트럭 앞에서 소리치는 아이들 때문에, 또 아이들 손을 일일이 잡아 주느라, 미군 병사 누구도 수철이의 영어를 듣지 못했다. 수철이와 눈을 마주치는 미군 아저씨도 없었다. 아이들의 아우성 때문에 수철이의 "하우알유?"는 허공으로 사라졌다.

'초콜릿? 과자? 다 거짓말이네. 인사도 안 받아 주는데 괜히 뛰어가지고…'

수철이는 아이들의 아우성 밖으로 빠져나왔다.

학교 앞에서 쓸데없이 시간을 허비했다고 생각하며 집에 왔다. 수철이의 형은 방에서 연을 만들고 있었다. 지금은 창호지에 호랑이 그림을 그리고 있다. 크게 벌린 호랑이 입이 방구멍이 되어서 보는 것만으로도 으르렁대는 호랑이 소리가 들리는 것 같았다. 수철이는 가만히 형을 지켜보다가 어제 만든 연을 들고 마을 뒷길로 나갔다.

뒷길은 자동차 두 대가 교차하며 다닐 수 있을 만큼 폭이 넓었다. 그 길은 서쪽 바닷가까지 이어졌다. 뒷길을 가로질러 건너면 넓은 논바닥이었다. 뒷길은 꽤 넓은 신작로로 수철이 눈에는 조그만 시골 마을과는 어울리지 않아 보였다. 넓은 논은 허허벌판이어서 연

날리기에는 더할 나위 없이 좋았다. 수철이는 길을 건너 단단하게 언 논바닥으로 들어갔다. 논 가운데에 이르렀을 때 실패에서 실을 풀어 방패연에 연결했다. 수철이는 연줄을 감는 얼레 대신 엄마가 바늘과 실을 넣어 두는 통에서 실패를 가져왔다. 연을 아주 멀리 날리기에 족한 실이었다.

"누가 연을 저쪽에서 잡아 주면 좋겠는데."

수철이가 중얼거렸다. 수철이는 왼손으로 연을 허공에 띄우고 실을 풀면서 논 가운데에서 뒷길 쪽으로 뛰었다. 도와줄 사람이 있으면 좋겠다던 방금 전 수철이의 생각이 무색하게 연은 단번에 하늘로 날아올랐다. 기쁨도 잠시, 연이 저 멀리서 높이 솟아오르지 못하고 자꾸만 가라앉았다. 수철이가 성급하게 실을 풀었기 때문이었다.

수철이는 뒷걸음질 치면서 실을 잡아당겼다. 잡아당길 때는 다시 솟아오르다가 이내 가라앉기를 반복했다. 지금은 거의 차가 다니는 뒷길 가까이에 이르렀다. 수철이가 멈칫하며 주저하다가 아까 건너왔던 뒷길을 반대로 다시 건너기 위해 길을 가로질러서 뛰었다. 그러고 나니 거짓말처럼 바람이 불었다. 연은 가라앉지 않았다. 하늘을 향해 높이 솟아올랐다. 이제 연은 굉장히 작아 보였고 길게 늘어진 연줄은 땅바닥을 향해 기다란 포물선을 그렸다. 수철이는 멀리 흔들거리는 연에서 시선을 떼지 않고 한참 동안 실패를 잡고 있었다.

얼마의 시간이 흘렀을까. 실을 감았다. 수철이는 연날리기를 그만하고 집으로 가려는 모양이었다. 연이 점점 가까워지면서 바람의 움직임과 세기가 실패를 쥔 수철이 손에 또렷이 느껴졌다. 연이 살아 있는 것 같았다.

'연 날리는 내내 아무 생각을 안 했던 것 같기도 하고, 무슨 생각을 하고 있었던 것 같기도 하다. 연날리기가 무슨 연하고 일대일 대화하는 거 같애.'

수철이가 엉뚱한 자기 생각에 빠져 있을 때였다. 미군 트럭 한 대가 속도를 줄이며 다가오다가 멈춰 서는 게 아닌가. 수철이가 무엇을 눈치챘는지 연줄을 여러 번 잡아당겼다. 잡아당길 때마다 연이 조금씩, 조금씩 솟아올랐다. 본의 아니게 차와 길을 막고 있던 연줄이 미군 트럭 높이보다 더 높이 올라갔다.

트럭을 운전하던 미군이 수철이를 보고 미소 지었다.

수철이도 미소를 지었다.

수철이는 능숙하게 연을 다루는 자신이 맘에 들었다. 미군은 가느다란 연줄을 발견하고 연 날리는 타국의 소년을 배려해 '빵빵' 경음기를 울리지 않았다. 잠시 트럭을 멈춰 준 미군 병사가 맘에 들었다. 수철이는 속으로 '하우알유?'라고 말했다. 그냥 그렇게 속으로 말했다. 트럭 유리창 너머 미군 병사의 눈빛과 미소를 수철이는 매우 따뜻하게 느낄 수 있었다.

어쩌면 낯선 이방인과 주고받았던 미소, 눈이 마주치는 그 짧은 순간이 연에 대한 추억과 더불어 오랫동안 수철이 마음에 기억될 수도 있는 일이다.

'미소, 말 없는 대화, 말 없는 짧은 대화, 눈인사…'

수철이가 또 자기 생각에 빠져 있다. 미군 아저씨의 미소에 담긴 따듯한 마음을 느끼며 수철이는 집으로 갔다.

9. 할아버지 선생님

할아버지 선생님에게 했던 못된 장난들이
수철이와 친구들의 마음에 하나하나 따끔하게 그려졌다.

아궁이 앞에 쪼그리고 앉아 장작불을 지켜본다.

활활 타오르던 불이 얌전해지면, 연기 때문에 콜록거리며 눈 따갑던 것이 가시고 눈, 얼굴, 가슴 그리고 허벅지 안쪽이 따뜻해진다.

아궁이 안, 불의 움직임과 빛깔에서 눈을 뗄 수가 없다.

마음은 한없이 평온하다.

불은 바람에 좌우로 흔들리기도 하고 타닥! 타닥! 하는 소리와 함께 갑자기 요동치기도 한다.

그러다 잠시 후 다시 고요해지는 것이 마치 하나의 생명 같다.

그렇게 한참을 불 앞에 앉아 있으면 얼굴과 무르팍이 뜨거워진다. 그럼 뒤로 조금 물러앉는다.

엊그제 외갓집에 온 이후로 수철이가 저녁마다 빼놓지 않고 하는 놀이가 아궁이 속 장작불을 지켜보는 일이다. 방학마다 수철이 형제는 경기도 의왕에 있는 외갓집에 와서 사나흘 지냈다. 이번 겨울에는 방학이 거의 끝날 무렵에 외갓집에 오게 되어서, 내일이면 집에 가야 하고 그다음 날은 개학이다.

팍! 팍!

쩌억!

수철이는 부엌을 나와, 사랑방 옆에 있는 작은 문을 열고 소리 나는 곳을 쫓아 밖으로 나갔다. 외할아버지가 바깥마당에서 장작을 패고 있었다. 형과 막내 외삼촌은 외할아버지로부터 멀찍이 떨어져서 지켜만 보고 있다. 구경꾼처럼 지켜보는 그 모습이 수철이는 마땅찮았다.

외할아버지는 가냘팠다. 매우 말랐다. 눈은 움푹 들어갔고 코는 반대로 높이 솟았다. 거무스름한 피부색이 이목구비 윤곽을 더 또렷하게 해 주었다. 게다가 머리카락이 없으니 인도의 간디를 빼닮은 형상이다.

외할아버지의 도끼질에 장작이 쩍! 소리를 내며 쪼개졌다.

"외삼촌! 왜 외삼촌이 도끼질 안 하시고 외할아버지가 하시게 놔둬요?"

수철이가 외삼촌을 째려보며 말했다.

"하하! 그게 못마땅했구나?"

"…"

"외삼촌이 하겠다 해도 외할아버지께서 못 하게 말리시는구나. 그리고 도끼질은 힘으로 하는 게 아냐. 요령이 있어야 하거든."

"…요령이요? 그게 뭐예요?"

"오래 일을 하다 보면 자연스럽게 알게 되는 게 있어. 그걸 요령이라고 하지."

"그래도 힘이 있어야 쉽게, 빨리 할 수 있는 거 아녀요?"

"힘으로만 해서는 어깨나 허리 다칠 수 있어. 봐봐! 외할아버지는 설렁설렁 힘 안 들이시면서 장작을 패고 계시잖아."

외삼촌 말대로 외할아버지가 느릿하게 던지는 도끼날은 장작을 참 편안하게 가르고 있었다.

"재승아! 이제 니가 해 보거라."

외할아버지가 외삼촌에게 도낏자루를 건넸다.

팍! 외삼촌의 도끼날이 장작에 박혔다. 장작을 발로 밟고 도끼를 앞뒤로 흔들어 빼내야만 했다. 그리고 다시 내려치기를 반복했다. 외삼촌의 도끼날은 그다음에도 빈번하게 장작에 박혀 버려 보기에도 답답했다.

"재승아, 힘을 너무 주는구나. 힘을 빼래도! 도끼날 무게가 상당하거든. 그걸 이용할 줄 알아야지."

외할아버지가 말했다.

'장작을 쪼개는데 힘을 빼라니? 당연히 힘을 써야 하는 거 아닌가?' 수철이는 도무지 이해가 가지 않았다. 수철이는 형과 세로로 조각난 장작을 가슴에 안아 사랑방 외벽에 차곡차곡 쌓기 시작했다.

"수철아! 뭐 하냐? 요령 피우지 말고 어서 날라라!"

겨우 장작 한 개를 들고 멀뚱히 서 있는 수철이를 형이 나무랐다.

"내가 뭘 안다고? 요령을, 내가 벌써 어떻게 요령을 알아?"

"무슨 소리야? 잔꾀 부리지 말고 빨리 나르라고!"

"…?"

고개를 갸우뚱, 수철이는 형 말을 들은 체 만 체 하며 장작을 날랐다. 그렇게 형제는 그것이 자기들 몫이라도 되는 것처럼 사랑방 외벽에 장작을 쌓았다.

외갓집에서의 마지막 밤이 지나고 외할머니가 해 주신 돼지불고기를 하얀 쌀밥에 올려 아침밥을 맛있게 먹었다.

"니들은 왜 콩밥을 싫어하는지 모르겠구나. 할미는 콩밥이 너무 고소해서 반찬 없이도 맛있던데."

외할머니는 외손주들이 콩밥을 싫어해서 하얀 쌀밥을 지었다.

"에이, 아무리 그래도 그렇지 어떻게 반찬 없이 먹어요?"

수철이가 말했다.

"학교에서 선생님이 '콩밥 먹어라!', '혼식해라!' 말씀하셔서 저희도 많이 먹기는 해요. 근데 수철이는 집에서 콩을 다 골라내고 안 먹는대요! 그래서 맨날 엄마한테 혼나고 그래요."

"내가 언제? 형은? 형은 반찬이든 국이든 파는 다 골라내잖아?"

"호호! 그만하거라."

외할머니가 웃으며 말했다.

아침밥을 먹고 외할머니가 챙겨 주신 보따리를 들고 수철이와 형은 막내 외삼촌과 함께 버스를 두 번 갈아타고 집에 왔다. 버스 안에서 수철이는 잠만 잤다. 길게 하품하며 버스에서 내렸다.

'지나고 나면 모든 게 짧게 느껴져…'

수철이는 외갓집에서의 며칠이 찰나처럼 느껴졌다.

내일이면 학교에 간다.

'내일이 벌써 개학이라니!' 한 달은 너무 짧았다. '근데 좋다!' 방학마다 종일 심심하다는 소리를 내뱉으면서 은근히 개학을 기다리는 아이들이 적지 않았는데 수철이도 그랬다. 수철이는 내일을 기다리고 있었다.

밖은 아직 어두웠다. 수철이는 이른 아침부터 홀로 쫄쫄댔다.

찬물로 머리 감고 옷도 다 입었다. 그러고는 밥상 앞에 앉아서 밥 달라고 성화였다. 새벽부터 뭐 하냐는 형의 핀잔과 달리, 부지런한 것이 마음에 들었는지 엄마는 따뜻한 콩밥을 한 공기 수북이 떠서 수철이 앞에 놓았다.

"엄마, 난 콩밥 싫은데. 하필 왜 개학 첫날부터…"

"콩이 밭에서 나는 소고기란다. 얼마나 고소한데."

"엄만 외할머니랑 너무 똑같애."

수철이는 투덜대며 아침밥을 먹었다. 그리고 밖이 조금 환해지기를 기다렸다가 학교로 가 버렸다.

꽤 이른 시간임에도 학교로 향하는 아이들이 군데군데 많았다.

학교 가는 길, 운동장, 그리고 교실이 모두 반가웠다.

반 친구들이 하나둘 교실에 모습을 드러냈다.

금세 와자지껄 웃음소리가 더해지자, 방학 동안 그리웠던 익숙한 교실 풍경이 되었다. 무슨 할 얘기들이 그렇게 많은지 조그만 교실 여기저기 아이들이 삼삼오오 모여 떠들었다. 수철이는 궁금하지만 다 들어 줄 수가 없었다. 그런데 "정말?" 하는 유독 큰 목소리 때문에 아이들이 민석이 주위에 모여들었다.

"야! 니들 그거 아니? 할아버지 선생님 있잖아, 정년 퇴임하신대."

민석이가 말했다.

"정말?"

현서가 놀라서 되물었다.

"민석아, 퇴임? 그게 뭐야?"

형석이가 물었다.

"무식하긴, 넌 그것도 모르냐?"

"민석아, 무식은 또 뭐야?"

영우가 눈을 동그랗게 뜨고 물었다.

"영우야!"

민석이가 눈을 내리깔고 영우를 내려봤다.

"왜, 민석아!"

영우는 해맑은 눈을 민석이 얼굴 가까이 들이밀며 말했다.

"아니다. 됐다."

민석이는 영우를 딱하게 쳐다봤다.

"퇴임이 뭐냐니까?"

형석이가 다시 물었다.

"학교 선생님을 죽을 때까지 할 수는 없는 거야. 육십 몇 살까지밖에 못 해!"

"그다음엔?"

"그만둬야지!"

"정말?"

"그래. 학교 떠나야지. 무슨 일이든 그만둬야 하는 때가 있는 기란 말이다."

할아버지 선생님은 사 학년 일 반, 수철이네 학급 담임 선생님이었다. 민석이 아빠도 같은 학교 선생님이었다. 그래서 민석이는 다른 아이들이 모르는 학교 사정에 밝았다.

"정말, 할아버지 선생님… 학교 관두는 거라고?"

"글쎄, 그렇다니까. 우리 아빠가 그렇게 말씀하셨어.

"민석이 말을 들은 친구들은 모두 놀란 눈치였다.

담임 선생님이 교실에 들어와 '이정진 선생님'이라고 칠판에 썼던 게, 작년 3월 2일. 백발에 짧게 깎은 머리, 돋보기안경, 걸음걸이, 목소리…, 어디를 봐도 영락없는 할아버지 모습이었다.

선생님은 자신을 소개하며 가족은 서울에 있고 선생님은 학교 옆에서 혼자 자취를 한다, 라는 말을 했다.

"교장 선생님보다 더 나이가 많은 거 같아!"

"난 새로 오신 교장 선생님이신 줄 알았다. 헤헤."

"진짜 저 할아버지가 우리 담임 선생님인 거야?"

"도대체 나이가 몇이신지 여쭤 봐봐!"

"딱 봐도 할아버지네!"

선생님이 자기소개 하는 중에도 아이들의 웅성거림이 계속됐다. 첫날부터 담임 선생님은 아이들에게 할아버지 선생님이 되었었다.

3월 첫 주부터 수업 시간에 딴짓하고 장난치는 것은 예사였다. 선생님이 화도 잘 안 내고, 무섭지 않은 분이라고 생각한 아이들은 점점 심한 장난을 치게 되었다. 어떤 날은 교실 앞문 손잡이에 물풀을 잔뜩 칠해서 할아버지 선생님을 골탕 먹이려 했는데, 그 주동자가 수철이였다. 선생님이 복도를 지나가면 두세 명의 아이들이 선생님 바로 뒤에 바짝 붙어서 선생님의 걸음걸이를 흉내 내며 키득키득 웃기도 했다.

"선생님, 남대문 열렸어요!"

"어이쿠! 이런!"

선생님이 당황해 고개를 숙이면, 차마 "오냐!" 같은 말은 못 해도 뒷짐 지고 인사받는 척하는 친구들이 있었다. 선생님은 속았음을 알고서도 아이들을 야단치지 않았다. 그저, 미소만 지을 뿐이었다. 소풍이나 운동회 날에 남자아이들은 담임 선생님하고 같이 사진 한 번 찍자는 엄마 말을 따르지 않았고, 선생님 가까이 가지도 않았다.

아이들의 장난은 잊힐 만하면 누군가의 시작으로 다시 반복되곤 했다. 그러다가 할아버지 선생님을 대하는 아이들의 태도가 조금 달라지게 된 계기가 있었다. 그건 어떤 수업 덕분이었다.

비 내리는 날, 체육 시간, 교실이었다.

"좌향좌! 우향우! 뒤로 돌아!"

선생님이 방향 전환을 지도했는데, 귀 기울이는 아이들이 많지 않았다. 그것은 말로 설명하고 가르치기에 적절하지 않은 것이었을뿐더러 교실에서는 더 어려워 보였다. 그런데 선생님이 갑자기 실내화와 양말을 벗고 바지를 무릎까지 걷어 올렸다.

"얘들아! 앞으로 와서 선생님 하는 거 보자!"

아이들이 칠판 앞으로 모여들었고 아이들의 시선이 선생님의 발과 종아리를 에워쌌다. 선생님의 하얀 발과 종아리에는 주름이 하나도 없었다.

"좌향좌! 우향우! 뒤로 돌아!"

선생님은 목청을 높이며 발의 움직임과 요령을 설명했고, 아이들은 서너 명씩 조를 짜서 연습했다. 한 명이 방향 지시를 하면 나머지 친구들이 방향을 바꿨고, 또 번갈아 가면서 했다. 곳곳에서 웃음소리가 났다. 그날 체육은 게임처럼 재밌는 시간이 되었었다. 그후로 선생님을 대하는 아이들의 태도가 달라지기는 했지만, 그렇다고 장난이 그친 건 아니었다.

'사 학년 일 반 담임! 우리와 함께 보낸 작년이 할아버지 선생님에게 교사 생활의 마지막 한 해였구나.'

수철이는 그것을 오늘 알게 되었다. 할아버지 선생님에게 했던 못된 장난들이 수철이와 친구들의 마음에 하나하나 따끔하게 그려졌다.

우선 아이들은 학교에서 가장 연세가 많았던 선생님을 할아버지 선생님이라 부른 것을 반성하는 것 같았다.

'선생님도 아셨을까? 우리가 할아버지 선생님이라고 부르는 것을…. 아셨을 거다.'

'선생님은 점심시간마다 늘 콩밥 싸 오라고 말씀하셨는데 외할머니랑 비슷하다. 외할아버지처럼 경험도 많고 요령이 있으셔서 한 번도 성내지 않으시고 너그럽게 우리를 가르치셨나 보다.'

선생님의 연세가 외할아버지와 비슷할 거라 생각하니까, 수철이는 죄송한 마음이 더 커졌다.

사흘이 지나 종업식 날이 되었다.

선생님들의 말은 수철이에게는 언제나 '지금 알 수 있는 것'과 '아직은 이해할 수 없는 것', 그렇게 두 가지로 구분되어서 들렸다. 오늘 담임 선생님의 말씀도 그랬다.

"친구들과 사이좋게 지내고 운동장에서 열심히 뛰어놀아야 몸도 마음도 튼튼하고 건강해진단다. 그리고 선생님은 너희들이 하고 싶은 것들이 많았으면 해. 오늘은 이것을 하고 싶고 내일은 저걸 하고 싶고…. 그래야지 또 몸과 마음이 튼튼해진단다. 그렇게 건강하게 자라서 너희들이 어른이 되었을 때는, 과거를 기준으로 오늘을 살기보다는 미래를 기준으로 오늘을 사는 사람이 되었으면 좋겠어. 그래야 어른이 되어서도 꿈을 꿀 수 있거든."

그렇게 말하고 나서 선생님은 '이정진 할아버지 선생님!'이라고 칠판에 썼다.

"선생님은 할아버지 맞아! 친손자, 손녀가 다섯이나 있으니까. 하하! 그리고 보니 너희들도 내 손주, 손녀들이로구나. 그래서 너희들이 귀엽고 사랑스럽기만 했단다. 선생님은 멋있고 예쁘신 젊은 선생님들과 비교해서 너희들에게 재밌는 시간을 만들어 주지 못하는 건 아닐까 해서, 걱정이 많았다. 지난 일 년 동안 미안한 마음이…, 선생님 마음 한편에 미안함이 있었단다."

아이들은 숙이고 있던 고개를 들어 선생님 얼굴을 쳐다보았다.

집에 가는 길.

수철이는 담임 선생님께 편지를 써야겠다, 라는 생각을 했다.

'선생님께서 내 편지를 받으시면 기뻐하시고 내 글을 읽으시며 행복해하실지 몰라.'

집에 도착하자마자 수철이는 서둘러 편지를 썼다. 아빠 서랍에서 편지지와 편지 봉투를 꺼내어 얇은 편지지 위에 연필을 꾹꾹 눌러 또박또박 글을 썼다. 그리고 봉투에 편지지를 넣은 다음, 봉투 입구가 눅눅해질 정도로 물풀을 바르고 편지 봉투 입구를 닫았다.

수업이 다 끝났어도 오늘은 종업식 날이라 아직 시간은 점심 전이었다. 수철이는 편지를 쥐고 다시 학교로 갔다.

"안녕하세요. 사 학년 일 반 담임 선생님은 어디 계세요?"

학교 교무실에 들어가 담임 선생님을 찾았다.

"사 학년 일 반이면, 이정진 선생님?"

"네."

"오늘 조퇴하셨는데."

할아버지 선생님 맞은편 자리에 앉은 선생님이 말했다.

수철이는 학교 옆, 선생님의 자취방에 가 보기로 했다. 자취방이 있는 집 앞에는 승용차 한 대가 있었다. 승용차 옆에 할아버지 선생님, 그리고 선생님의 가족으로 보이는 분들이 서 있었다.

수철이는 먼발치에서 선생님의 모습을 한동안 바라보기만 했다.

수철이는 다시 학교로 갔다. 교무실에 들어가 쥐고 있던 편지를 할아버지 선생님 책상 위에 놓았다.

10. 뗏목

'난 무엇을 만들 수 있을까?'
수철이는 대장장이가 되어서 굵은 팔뚝으로 쇠망치질을 하며
뭔가를 만들어 내는 상상을 했다.

두두두두! 삐용! 삐비비비! 뿡뿡!

조그만 공간에 아이들이 바글바글. 리드미컬한 전자음과 현란한 컬러 화면이 아이들의 혼을 쏙 빼놓는다. 아이들은 평면 화면의 환상 속에서 헤어 나오지 못한다. 딱지치기, 구슬치기 그리고 다방구 (술래잡기 놀이의 하나)에 몰두하던 아이들이 며칠째 그곳으로 몰려들고 있다. 오락실!

수철이는 오늘도 아이들 등 뒤에서 구경만 했다.

누군가 수철이 머리를 쓰다듬더니, 수철이에게 오십 원짜리 동전 하나를 건네주었다.

"수철아, 구경만 하지 말고 너도 해 보거라."

수철이 아빠였다. 수철이 아빠는 아이들 사이에 끼여서 구경만 하는 아들의 모습을 지켜보고 있었던 것이다. 다른 아이들은 부모 몰래 오락실에 왔다가 엄마나 아빠한테 귀를 붙잡혀 오락실 바깥으로 끌려가곤 했는데 수철이는 반대였다.

언제나 처음 도전은 떨린다. 의자에 앉아 오십 원짜리 동전을 구멍에 넣었다.

차라락!

동전 내려가는 소리와 함께 갤러그 전투기 다섯 대가 화면 하단에 나타났다. 그러나 일 분도 안 되어서 다섯 대 전투기 모두 파괴되고 '게임 오버!'

마을에 처음 생긴 오락실에서 수철이 인생 최초의 전자오락은 허무하게 끝나 버렸다. 이상하게 들릴 게 틀림없으나, 그 덕분에 수철이가 두 번 다시 전자오락을 하지 않았다면 사람들이 믿을까.

오락실 밖으로 나갔다. 환한 햇빛과 따뜻한 공기를 마시며 오른쪽 골목으로 쭈욱 걸어갔다. 시끌벅적했다.

갓은 생선을 얼음 위에 펼쳐 놓고 연탄불에 꽁치를 굽는 생선 장수 아저씨는 장날에 돈 좀 두둑이 버셨는지, 기분이 좋아 보였다. 노릇하고 까맣게 그을린 꽁치를 아저씨들은 그냥 지나치지 못했다. 아저씨들은 걸음을 멈추고 연탄불 앞에 모여 꽁치 살점을 나무젓가락으로 떼어 먹곤 했다. 그리고 소주 한잔을, "캬—아!" 기분 좋게 인상을 찌푸렸다. 닷새마다 열리는 장날이면 연탄불에 구워지는 꽁치 냄새와 연기가 골목에 펄펄 날렸다. 꽁치 굽는 냄새가 지나가는 사람들의 발길을 붙들어, 생선 장사는 더 잘되는 것 같았다.

수철이는 왼쪽으로 돌아서 큰길가로 갔다. 바로 이층집이 있었다.

동네에 두 개밖에 없는 이층집 중 하나. 이 층을 바라보니 오늘도 난쟁이 아줌마는 창밖 세상을 구경하고 있었다. 창틀에 팔꿈치를 대고 때때로 고개를 더 내밀기도 했다. 난쟁이 아줌마는 의자나 이불을 밟고 있을 것이다. 아줌마 표정은 참 밝았다. 어른한테 그런 표현이 옳은지 모르겠지만, 수철이는 아줌마가 순진해 보인다고 친구들에게 말하곤 했다. 수철이와 친구들은 아줌마가 밖에 나오는 모습을 본 적이 없다. 등교할 때, 가끔 이 층 창문을 쳐다보면 아줌마는 그때마다 창문 밖을 내다보고 있을 뿐이었다. 난쟁이 아줌마 남편으로 보이는 아저씨는 아래층에서 솜이불집을 했다. 아저씨는 난쟁이가 아니었다. 온화하고 진지한 모습이었지만 아저씨의 웃는 얼굴을 본 적은 없었다.

덜컥! 덜컥! 차각! 차각!

솜틀 기계 위를 솜이 평평하게 지나갔다. 하얀 먼지가 자욱하게 날렸다.

다시 골목 안으로 들어가서 대장간 앞에 익숙하게 자리를 잡고 쪼그려 앉았다. 누가 정한 건 아니지만, 거기는 딱 수철이 자리였다. 수철이가 요즘 매일 들르는 곳이 대장간이다.

'우리 아빠보다 나이가 좀 많으신 것 같은데…'

'언제부터 대장간 일을 하셨을까?'

수철이는 여느 때처럼 아저씨에 대한 궁금증을 움켜쥐고 대장간 일을 지켜봤다. 대장장이 아저씨는 뜨거운 화덕에 석탄을 넣고, 굵고 검은 팔뚝과 쇠망치로 연신 빨간 철을 두들겼다.

치— 치이— 치직!

호미 모양이 되어 가는 철을 찬물에 담그면 대장간에서만 들을 수 있는 소리가 났다.

대장장이 아저씨는 수철이에게 한 번도 말을 건넨 적이 없다. 위험하니 저리 가라는 말도 안 했다. 집에 가서 공부나 하라는 소리도 안 했다.

이 아저씨도 솜이불집 아저씨처럼 웃음이 없었다. 아저씨 친구들이 왔을 때 잠깐 짧게 웃는 게 다였다. 그마저도 웃는 건지 아닌지 구분하기 어려웠다.

호미 하나가 만들어진다.

낫과 부엌칼도 만들어진다.

각종 연장이 완성되어 가는 과정은 몇 시간을 구경해도 지루하지 않았다.

뭐라도 옆에서 거들며 대장간 일을 해 보고 싶은데, 아무런 말 못하고 수철이는 구경만 했다. 수철이는 거기서 뭐라도 만들어 보고 싶었다.

대장간 뒤로 가면 제일제재소가 있었다. 수철이가 사는 마을에서 가장 큰 공장이었다. 양조장이나 두부 공장보다도 훨씬 컸다.

수철이는 이번엔 대장간 뒤로 가서 제재소 안팎을 살폈다. 기찻길 같은 레일도 있었다. 세로로 긴 대형 톱이 무시무시한 소리를 내며 톱밥을 뿌리면, 커다란 나무가 섬뜩하게 절단되었다. 제재소 주변에는 크고 작은 통나무가 쌓여 있었다.

수철이는 영우네 집으로 발길을 돌렸다. 영우네는 마을에서 가장 큰 철물점이었다.

"영우야!"

"…."

"아저씨! 영우 있어요?"

"수철이 왔구나! 안에 들어가 봐라."

수철이가 가게 안, 쪽방 문을 열자 영우가 조그만 방바닥에 누워 있었다.

"영우야, 뭐하냐? 우리 제재소에 같이 가자."

"거긴 왜?"

"일단 나와!"

영우와 수철이는 장터 길을 지나서, 제일제재소로 발걸음을 옮겼다.

닷새마다 열리는 장날의 시장 분위기는 하루에 몇 번을 만나도 언제나 흥미로웠다. 쭈그려 앉아 산나물 팔며 흐뭇해하는 할머니들. 장사는 뒷전으로 하고 내기 장기 두는 아저씨들과 그 아저씨들 머리 위로 훈수 두는 목소리. 여전히 꽁치 구우며 연탄불 앞에 둘러앉아 소주잔 돌리는 아저씨들. 양말을 흔들면서 "떨이! 떨이!" 외치는 아저씨. 특히 나물 파는 허리 굽은 할머니들은 손님이 없을 때마다 돈을 세고 또 셌다.

대장간을 지나 제재소에 다다랐다.

"영우야, 저기 통나무들은 가늘어서 공장에서 안 쓰는 거 같지 않냐?"

"그러게. 버린 거 같기도 해."

"그치? 우리 저걸로 뗏목 만들자!"

"뗏목? 갑자기 무슨 뗏목? 우리가 어떻게? 우리가 무슨 뗏목을 만드냐?"

"엊그제 텔레비전에서 만화영화 보니까 미국 아이들은 뗏목 만들어서 강물에 띄우던데! 못 봤어?"

"맞다! 봤어. 걔네들도 우리 또래 같았어."

"그치?"

"근데 우리가 할 수 있을까?"

"너희 집엔 없는 게 없잖아. 못, 크고 작은 못들… 그리고 톱, 망치, 로프…. 또 뭐드라…, 아무튼 다 있잖아!"

영우는 고개를 끄덕이며 수철이의 말에 동조했다.

제재소 뒤편 공터에 쌓여 있는 통나무 중에는 두 아이가 들고 옮길 만한 것들이 있었다. 두 아이는 뗏목을 만들어 개울에 띄우기로 하고 통나무를 나르기 시작했다. 제재소 사장님한테 허락받은 것은 아니었다. 두 아이는 허락을 받을 생각도 안 했다. 밝은 대낮에 통나무 양쪽 끝을 들고 나르는데, 뭐라고 하는 사람들은 아무도 없었다. 제재소 일꾼들이 못 본 것인지, 아니면 보고도 아무 말 하지 않는 것인지는 모르겠다. 수철이와 영우는 벌써 통나무 십여 개를 마을 뒤쪽, 칠십여 미터 떨어져 있는 어은천으로 옮겼다. 옮기는 데 시간이 꽤 걸렸는데 두 아이는 인식하지 못했다.

길이가 엇비슷한 것들만 골라서 날랐기 때문에 톱질 같은 건 필요하지 않았다. 굵기도 지름 한 뼘 정도. 두 아이는 뗏목 만들기에 알맞다고 생각했다.

"영우야, 니네 가게에서 통나무 묶어서 연결할 로프 좀 가져와라."

"알았어."

잘만 하면 한나절에 뗏목을 완성할 수 있을 것 같아 보였다.

영우가 로프를 가져오는 동안, 수철이는 냇가 물 깊이를 살폈다. 깊이를 재며 뗏목을 띄울 만한 적당한 곳을 물색했다. 십여 분이 지나 영우가 뛰어왔다.

"영우야, 통나무를 조금 더 위쪽으로 옮기자. 저쪽에서 만들면 바로 냇물에 띄울 수 있을 것 같다."

"아하! 여긴 너무 얕아서 그러는구나?"

"그래."

칠팔 미터 위쪽으로 이동했다. 그런 다음, 통나무 위아래 두 군데를 로프로 가지런히 묶어서 연결했다. 텔레비전에서 봤던 뗏목의 모양이 완성되었다.

열두 살짜리 두 아이는 용케 뗏목을 물속에 밀어 넣었다.

"와! 물 위에 뜬다."

"정말 물 위에 떠!"

"수철아, 내가 먼저 타 볼게."

영우가 신이 나서 뗏목 위에 한 발, 한 발 조심스레 발을 올려놓았다. 그런데 만화영화에서 봤던 모습이 아니었다. 뗏목이 심하게 출렁였고 영우의 신발은 이미 물에 잠겨 버렸다. 영우가 발을 옮겨도 발목, 아니 무릎까지 물에 잠겼다.

통나무 몇 개는 금세 로프를 빠져나와 분리되거나 삐죽삐죽 튀어나왔다. 뗏목은 영우의 가벼운 체중에도 V 자 W 자로 출렁이며 모양새가 한심하기 그지없었다. 실패였다.

"영우야, 일단 다시 풀숲으로 올려놓자."

수철이와 영우는 통나무를 다시 육지로 올리느라 바지가 다 젖었지만 별로 신경 쓰는 것 같지는 않았다. 그보다는 뗏목을 성공적으로 물 위에 띄울 방법을 궁리하고 있었다. 두 아이는 조금 지쳐 보였다. 통나무를 나르고 또 물에서 꺼내는 것이 힘에 부쳤던 모양이다.

두 아이는 풀 위에 털썩 주저앉아 버렸다. 그리고 개울가 풀숲에 흐트러져 있는 통나무를 물끄러미 바라보았다.

"수철아, 내일 다시 해 보자."

"그래. 그러자."

"누가 이거 가져가진 않겠지?"

"누가 이걸 가져가겠냐? 내일 만나."

"그래, 내일 만나자."

두 아이는 엉덩이를 털고 일어섰다.

수철이는 집에 와서도 궁리를 하고 있다.

저녁을 먹고 나서도 그랬다.

수철이는 거실 책장에서 엄청 두꺼운 국어사전을 꺼냈다.

수철이는 사전을 들췄다.

'떼… 뗏… 뗏목… 뗏목.'

뗏목:

통나무를 떼로 가지런히 엮어서 물에 띄워 사람이나 물건을 운반할 수 있도록

만든 것

'이거 가지곤 안 되고….'

이번엔 국어사전 옆에 있는 학생백과사전을 꺼내 들었다.

'뗏목. 굴곡이 적고 흐름이 완만한 하천에서는 앞뒤의 뗏목이 움직이지 않도록 양쪽에 긴 나무를 대고….'

학교 수업이 끝났다. 어은천 냇가로 가기 전에, 영우는 가게에서 망치, 톱 그리고 여러 길이와 굵기의 못을 챙겼다. 수철이는 제재소 주변에서 버려진 긴 나무판 세 개를 챙겨 들었다.

냇가에 도착했을 때, 다행히 어제 모습 그대로인 통나무를 확인할 수 있었다. 백과사전에 쓰인 대로 앞쪽과 뒤쪽에 긴 나무판을 대고 수철이가 못질을 시작했다. 서툰 망치질이라 못을 많이 박게 됐는데 덕분에 뗏목이 탄탄해진 것 같았다. 남은 나무판도 가운데다 대고 박아 버렸다. 그리고 물에 띄웠다.

신발을 벗고 수철이가 뗏목 위에 올라탔다. 출렁이지는 않았지만,

발이 살짝 물에 잠겼다. 그러나 겉으로 봐서는 그야말로 어제보다 훨씬 진화된 훌륭한 '뗏목'이었다.

"수철아, 잠깐만 있어 봐. 나 어디 좀 갔다 올게."

"어디 가는데?"

"금방 올게. 잠깐만 있어 봐."

잠시 후, 영우가 어디서 금방 의자 하나를 주워 왔다.

"수철아, 이거 뗏목 위에!"

수철이는 영우의 의도를 간파하고 뗏목 위에 의자를 놓고 거기에 앉았다. 물 위에 뗏목, 그 위에 의자 그리고 의자에 앉은 수철이! 완벽해 보였다.

영우는 어디서 긴 대나무도 가져왔다. 정말 완벽했다. 필요한 것들은 찾아보면 주변에 다 있었다. 영우와 수철이는 번갈아 가며 뗏목을 타고 놀았다. 대나무로 냇가 가장자리와 바닥을 밀며 뗏목을 조종했다. 그러나 너무나 완벽한 뗏목 놀이는 불과 이십 분도 지속되지 못했다.

"얘들아! 형들 좀 보자!"

"…"

"너희들 뭐 하는 거냐?"

지나가던 고등학생 형들이 두 꼬마를 보고 자전거에서 내렸다. 키 큰 형들은 교복에 순경처럼 모자도 썼다. 그 형들 세 명이 두 아이에게 다가와서 말을 걸었다.

"야, 이거 누가 만들었니?"

어떤 형이 쭈그려 앉아서 양팔을 무릎에 걸치고 물었다.

"우리가요. 우리가 만들었는데요."

"쪼끄만 게…. 거짓말하면 형들한테 혼날 수 있어!"

"진짠데. 진짜 우리 둘이 어제부터 만들었어요."

"까불고 있어! 야! 내려와 봐. 어서!"

"…."

수철이와 영우는 풀밭에 앉아서 형들이 뗏목 타며 노는 것을 구경하는 신세가 됐다. 아무런 항의도 못하고, 얌전히 앉아서 기다리고만 있어야 했다.

형들은 내려올 생각은커녕 세 명이 동시에 뗏목에 올라탔다. 좌우로 흔들흔들 심하게 요동쳤다. 뗏목이 부서질 것 같았다.

열두 살짜리 두 아이는 서로의 얼굴을 쳐다보다가 거의 동시에 자리에서 일어났다. 엉덩이를 털고 신발을 챙겨 자리를 뜨려는데….

"어! 어어!"

고등학생 형들의 목소리가 두 소년을 등 뒤에서 잡아당겼다.

통나무 몇 개가 뗏목에서 떨어져 나갔다. 못질이 약해서일 수도 있지만, 덩치 큰 형들이 너무 요란스럽게 놀아서 그런 거라고 수철이는 생각했다.

"에이씨, 우리가 어떻게 만든 건데!"

"낑낑대면서 통나무 나르고, 못질하고, 그것도 어제부터!"

떼목을 형들한테 뺏겨 버린 것도 억울한데, 완벽했던 모습을 잃고 처참히 망가진 걸 보니 두 소년은 화딱지가 났다.

"에이씨, 우리가 어떻게 만든 건데!"

9월의 어느 날 오후, 햇살이 유난히 좋아서 두 소년의 상실감은 훨씬 더 컸다. 두 소년은 속이 쓰렸다.

"너 집에 갈 거니?"

수철이가 영우에게 물었다.

"아니, 오락실 가려고. 이백 원 있거든. 넌?"

"…"

수철이는 대장간으로 갔다. 조그만 대장간은 늘 재미난 공간이다. 시간이 조금 지나면 뭔가 새로운 것들이 계속 만들어졌다. 아저씨는 혼자서도 못 만드는 연장이 없었다.

'난 무엇을 만들 수 있을까?'

수철이는 대장장이가 되어서 굵은 팔뚝으로 쇠망치질을 하며 뭔가를 만들어 내는 상상을 했다.

11. 옥상, 그리고…

내일은 언덕 위에 있는 나무에 올라가 봐야겠어.

그날 봤던 하늘빛도,

하늘과 맞닿은 아득한 곳도

다시 보고 싶다.

뚜둑!

밟고 있던 나뭇가지가 부러졌다.

나무에서 미끄러지다 땅바닥에 떨어졌다. 손바닥과 팔 안쪽을 긁히긴 했지만, 크게 다치지 않은 게 천만다행이었다.

수철이가 나무 아래에서 꼭대기를 올려다보며, 다시 무언가를 가늠했다. 마을이 내려다보이는 언덕 위에 높이 솟은 나무 한 그루가 있었는데, 수철이는 며칠째 그곳을 찾고 있었다.

수철이는 나무 위로 올라가려 했다.

다시 나무에 오르기 시작한 수철이는 점점 커 가는 두려움을 밟고 또 밟으며, 자기가 올라온 높이에 소스라치게 놀랐다. 수철이는 서너 번 아래를 내려다보며 마침내 꼭대기까지 올랐다. 땅을 밟고 선 아이들은 부러운 눈초리로 위를 올려다봤다.

수철이의 시선이 밑에 있는 아이들은 볼 수 없는 저 멀리 아득한 곳을 향했다. 다른 아이들은 '저 위에서는 무엇이 보일까? 기분이 어떨까?' 궁금해하며 상상할 뿐이었다.

그날이 처음으로 수철이가 나무 위 꼭대기까지 오른 날이다.

지붕 위로 올라가는 아이들도 있었다. 올라간 아이들은 지붕이 부서지지 않을까 해서 또 엄습하는 공포에 다리가 후들거렸다. 그래서 금세 내려오거나, 아예 오르지 못하는 아이들이 대부분이었다.

용기를 내 과감히 올라간 친구는 구슬, 테니스공, 각종 딱지 그리고 배드민턴 공까지 예상 밖의 수확을 얻기도 했다. 밑에 있는 아이들은 고개를 뒤로 젖히고 지붕 위를 걷는 친구에게서 눈을 떼지 못했다. 밑에서 기다리는 아이들과 비교해 지붕 위, 높은 곳에 올라간 친구는 우월감을 가지기에 충분했다.

근데 굳이 용기를 내지 않아도 오를 수 있는 곳이 있었다. 담력 없이도 올라갈 수 있는 높은 곳. 옥상이었다. 수철이는 그곳에서 동네 친구들과 종이비행기를 날렸다. 어떤 비행기는 참 오랫동안 공중에 떠서 멀리 날아갔다. 비행기를 날릴 때 수철이는 자기 마음도 허공 위로 날아가는 것 같은 쾌감을 느꼈다.

"야, 송영우!"

골목을 지나가는 친구의 이름을 크게 부르고 숨어 버리기도 했다. 영우는 뒤돌아보고 주변 어디를 봐도 낄낄거리며 웃는 수철이를 발견할 수 없었다. 상대는 보지 못하지만 나는 볼 수 있다는 사실에, 특별한 재미를 누릴 수 있는 곳이 또 옥상이었다.

한여름에는 옥상에서 아이들이 서로에게 물 뿌리며 물싸움을 시원하게 했다. 옥상 시멘트 바닥에 그림자처럼 뿌려진 물은 젖은 옷과 더불어 금방 말랐다. 밤이 되면 옥상에 돗자리 펴고 잠을 청하려다가, 떨어진 기온과 달려드는 모기 때문에 다시 집 안으로 들어오기도 했다.

옥상은 꽤 재미난 공간이었다.

지나가는 사람들 모양새를 마음껏 관찰할 수도 있었다. 수철이가 보고 있어도 지나가는 사람들은 전혀 알 수가 없었다. 상대를 의식하지 않고 수철이는 맘껏 사람들을 지켜봤다. 그러면 시간이 금방 지나갔다.

옥상에서 내려다보면, 맨 먼저 사람들의 머리 위와 어깨가 눈에 들어왔다. 멀리서 걸어오는 사람이 점점 가까워지는 모습과 옥상 바로 아래 서 있던 사람이 멀어져 가는 모양이 거리에 따라 각도가 달라지면서 흥미로웠다.

목욕탕 다녀오는 아줌마, 딱지치기하는 아이들, 재잘거리며 지나가는 고등학생 누나들, 골목에서 몰래 오줌 누는 술 취한 아저씨. 옥상에서 내려다보는 세상은 시간을 잊게 했다.

그러다 문득, 옥상이 아무리 재밌는 곳이라 해도 나무 꼭대기에 올라 바라봤던 풍경을 따라갈 수는 없다는 생각이 수철이 머리를 스쳤다.

옥상에서 내려와 낮은 단층집 사이 골목에 들어서도 재미가 있었다. 마을 골목골목마다 막힘없이 햇살이 들어와, 그늘지는 데 없이 환하고 바람도 시원했다. 수철이가 사는 동네엔 전부 낮은 단층집들만 있어서 그런 것 같았다. 그 때문에 하늘은 더 넓고 새들은 더 자유롭게 하늘을 날았다.

이층집이 동네에 딱 두 채 있었다. 교회나 성당을 빼고는 가장 높은 건물이 이층집이었다. 두 채의 이층집 중 하나가 수철이네 집이었다. 수철이네가 이층집을 짓고 수철이가 옥상에서 특별한 놀이를 할 수 있었던 것은, 매일 밤늦은 시간까지 형광등 아래에서 재단하고 바느질하고 재봉틀을 돌리는 아빠와 엄마가 있었기 때문이었다. 아빠는 양복 재단사였고 엄마는 아빠를 도와 재봉 일을 했다. 수철이네 부모님은 참 부지런히 일했고 알뜰했다.

그런데 알 수 있었을까.

그 환하고 평화로운 골목에 밤이 찾아오면, 옥상이 재미만을 얻는 것이 아닌, 또 다른 뭔가를 할 수 있는 장소가 될 수 있다는 것을.

엄마는 저녁상만 차려 주고 아래층으로 내려갔다. 매일 쉴 틈이 없었다. 그날 밤에도 아빠와 엄마는 아래층에서 늦은 시간까지 일했고 수철이와 형은 일찍 잠자리에 들었다.

"별로 한 일도 없는데 졸리다."

"그치? 형, 우리 자자!"

"그래. 이불 펴자!"

형제는 이불 속으로 들어가 길게 하품하며 잠을 청했다.

"야!"

"왜?"

"에잇, 가만히 좀 있어! 제발 그만 좀 해! 어!"

"비켜 봐!"

"아, 왜들 그래? 정말!"

"그만하라고!"

"야! 새끼야, 이리 와 봐! 일루 오라고!"

"저 새끼가 근데!"

깊이 잠들었다 싶었는데 밖이 소란하다. 일어나기 싫어서 조용해
지겠지, 하며 수철이는 웅크리고 고양이처럼 잤다.

수철이가 잠결에 눈을 떴는데 형이 옆에 없었다.

얼마의 시간이 지나, 형이 이불을 걷고 눕는 소리에 수철이는 다
시 눈을 떴다. '어디를 갔다 온 거지…?' 수철이는 궁금해서 형을 불
렀다.

"형!"

"…"

"형, 왜 안 자고 있어?"

"좀 전에 깼어."

"화장실 갔다 온 거야?"

"아니."

"그럼 어디 갔다 온 건데?"

"옥상에."

"옥상? 거긴 왜?"

"아저씨들이 술 먹고 개처럼 시끄럽게 싸워서 물 뿌리고 왔어. 잠을 잘 수가 있어야지."

"뭐, 뭘 뿌렸다고?"

"물, 물 한 바가지. 어서 자라."

형은 태연스레 아무 일 없었던 것처럼 말하고 다시 잠을 잤다.

'물을 뿌렸다고? 그리고 어른한테 개가 뭐야?'

수철이는 형에게 등 돌리고 옆으로 누웠다.

"형!"

다음 날 아침, 세수하고 아침밥을 먹은 후 이불을 개다 말고 수철이가 형을 불렀다.

"왜?"

"어젯밤에 어딜 갔다 왔다고 그랬지?"

"어젯밤? 아아, 옥상!"

"옥상?"

"크크!"

형은 어젯밤 일이 생각났는지 재밌다고 웃었다.

"그럼, 진짜로 아저씨들한테 물 뿌린 거야?"

"한 바가지 들고 올라가서 뿌렸지."

"…"

"그랬더니 잠잠해지더라."

"진짜?"

"거짓말 같냐?"

"아저씨들이 형 못 봤어?"

"술 취해서 휘청거리고, 자빠지고 개처럼 싸우는데, 보긴 뭘 봐?"

"…"

"어서 이불 개라! 학교 가자!"

수철이는 형이 대단해 보였다. 그 사건으로 동생은 형을 더 우러러보게 되었던 것 같다. 반면에 한밤중에 동네를 시끄럽게 하긴 했지만, 또 술에 취하긴 했어도 그래도 어른들인데. '어떻게 그럴 수 있지?' 하는 생각을 수철이는 하고 있었다.

그러면서 '나도 해 보고 싶다. 형을 따라 해 보고 싶다.' 그런 생각도 수철이에게 있었다. 그 생각이 좀 강했다.

그 후, 수철이는 밤마다 옥상에 올라갈 기회를 엿보게 되었고 그 기회를 생각하며 흥분과 떨림으로 조금 예민해졌다. 그날이 찾아오는 데는 며칠이 걸리지 않았다.

금요일 밤.

"지랄한다!"

"야! 뭐, 지랄?"

우당탕!

쨍그랑!

형이 꿈틀거리며 일어나려 했다.

"형, 옥상에 가려고?"

"너 안 자고 있었냐?"

"어. 형, 옥상에 갈 거야?"

"아니, 화장실."

"형, 밖에 아저씨들 또 싸우는 거 아냐?"

"에휴, 한 바가지 뿌리고 와야겠다."

"형! 오늘은 내가 할게. 내가 뿌리고 올게."

"진짜? 그래, 그럼. 난 오줌 좀 눠야겠다."

수철이는 부엌으로 가서 바가지에 가득 물을 담아 옥상으로 올라 갔다.

'허걱!' 아저씨가 한 명, 두 명…, 네 명의 아저씨들이 뒤엉켜 싸우 고 난리도 그런 난리가 없다. 말리는 아저씨가 있는 것 같기는 한 데, 누가 싸움을 하고 누가 말리는 아저씨인지 도무지 분간이 가지 않았다.

'나와 눈이 마주치면 어떡하지? 우리집 옥상에서 누가 물 뿌린 걸 알고, 우리집에 해코지라도 하면? …그래도 어른들인데….'

망설이고 걱정만 하다 그야말로 싱겁게 그냥 내려오고 말았다.

그렇게 성공하지 못하고 이불 속으로 들어와 다시 잠을 잤다. 근 데 뭣 때문인지 모르지만, 수철이는 안도하면서도 마음이 불편했다. 마음이 불편해서 그랬을까. 불편한 마음을 달래기라도 하려는 듯, 수철이는 순간 생뚱맞게 얼마 전 나무 꼭대기에 올라 바라봤던 낯선 풍경과 그때의 느낌을 떠올렸다. 수철이는 쉽게 잠자리에 들지 못했다.

그날 밤 쉽게 잠을 이루지 못한 것은, 밖이 시끄러워서도 아니고 '그 일'을 해내지 못해서도 아닌 것 같았다. 나무 꼭대기에 올랐던 순간이 수철이에겐 꿈처럼 그려졌다.

일주일 정도 풀벌레 울음소리만 크게 들리는 시끄럽지 않은 밤이 이어졌다. 형을 따라 옥상에서의 '그 일'을 해 보고 싶었던 마음도 수그러들었고 수철이는 마음 편히 잘 수 있었다.

토요일 오후, 수철이는 여느 때처럼 동네 아이들과 골목을 휘저으며 뛰어놀았다. 그러다 약속이나 한 듯 장소를 냇가로 옮겨 아이들은 송사리 잡기에 정신이 팔렸다. 수철이는 잡은 송사리를 아기 분유통에 담아 옥상에서 키우는 닭에게 던져 주었다. 그러고 나니 저녁이 되었다. 엄마는 저녁상을 차려 주고 아래층에 내려가 재봉틀을 돌렸다. 오늘 밤에도 아빠, 엄마는 늦게까지 일할 것 같다.

"형, 난 졸리다. 먼저 잘게."

"그래, 나도 조금 있다 자야겠다."

고요했다. 밖도 고요하고 수철이 마음도 그러했다.

"아씨! 또 싸우네. 조용히 좀 못 하나! 토요일을 그냥 넘어가지 않네! 저 아저씨들은 술만 마시면 개가 돼, 개!"

잠자던 형이 이불을 발로 걷어차면서 짜증 섞인 말을 쏟아 냈다. 수철이는 그것을 잠결에 들을 수 있었다. 형의 말이 끝나기 무섭게 수철이는 일어나 앉더니 지체 없이 방 밖으로 나갔다. 지난번 실패 했던 '그 일'을 생각하며 한 바가지로는 부족할 것 같다, 라는 계산이 머리를 스쳤다.

수철이는 바가지가 아니라 세숫대야에 물을 담아 옥상에 올라갔다.

심박수가 빨라졌다. 심장이 두근두근! 아래를 내려다봤다 말았다, 고개를 들었다 숙였다 했다.

아저씨들 정수리가 보였다.

일어서서 한 발을 내디뎠다.

뿌작!

"에이씨!"

알루미늄 캔을 밟았다. 찌그러지는 소리가 이미 밤을 뚫었다. 아저씨들의 이목을 끌 만했다.

"에라!"

수철이는 주저하지 않았다.

쏴아아!

생각대로 세숫대야 물을 아저씨들에게 날렸다.

심박수가 다시 빨라졌다.

조심할 것도 없이 쏜살같이 내려왔다.

밖이 적막해졌다.

수철이는 이불 속으로 들어갔다. 망설임과 걱정을 이겨 내며 마침내 뭔가 극복해 냈다는 성취감이 들었으나 수철이는 이상하게 마음이 편치 않았다. 무슨 죄가 되는 것은 아닌지, 해서는 안 되는 장난은 아닌지, 아니면 잘한 일인지? 수철이는 이불을 당겨 얼굴을 덮었다.

어른들이 말하길, 싸움하는 개랑 교접하는 개한테 물을 뿌리면 개들이 얌전해진다고. 수철이는 진짜 개들한테는 물을 뿌려 본 적이 없었다. 수철이는 쉬 잠들지 못했다. 생각이 자꾸 일어났다.

'아저씨들 싸움 말리는 데도 물이, 한 바가지 물이 효과가 있는 건지? 새벽녘에 물벼락을 맞은 아저씨들은 화해를 하셨을까?'

수철이는 궁금했다.

'아저씨들에게 죄송한 마음이 없는 건 아니지만 그래도 여름이니까, 물벼락이…, 괜찮겠지.'

수철이는 자신의 판단과 행동을 알맞은 것이라 해석하며 평안함을 찾았다. 아무튼, 자신은 볼 수 있어도 지나가는 사람들은 볼 수 없는 옥상이라 엉뚱한 용기가 생겨났던 것 같았다. 수철이는 스르르 잠이 들었다.

피곤한 두 눈이 잿빛으로 푸른 도시 하늘에 닿을 때면 종종, 그때의 하늘이 떠오른다.

내일은 언덕 위에 있는 나무에 올라가 봐야겠어. 그날 봤던 하늘빛도, 하늘과 맞닿은 저 멀리 아득한 곳도 다시 보고 싶다. 허공 위로 솟아오른 나무 꼭대기에서는… 달랐어. 두려움 때문만은 아니었어. 수면 아래, 바닷속에서만 지낸 물고기가 처음 물 밖으로 머리를 내민다면 그런 느낌일까? 전혀 낯선 느낌…; 그 느낌… 그리고, 바람 소리….

그래, 나무 꼭대기, 거기서 느꼈던 바람 소리가 그립다.

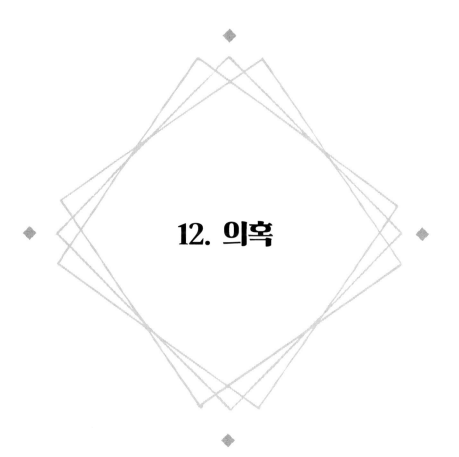

12. 의혹

마치 어른들도 아이들도 병원 건물도
'언제 무슨 일이라도 있었냐?'라고
되묻는 것 같았다.

장난감 상자는 장난감이 떠난 후 의미를 잃는 것이라고 어른들은
생각한다.

그러나 아이는 상자 안에서 더 재미있는 놀이를 한다.

냉장고 상자.

수철이네 부엌에 새 냉장고가 들어왔다.

아이들은 고양이를 닮았다.

빈 상자에 들어가 숨는 고양이들의 놀이는 아이들의 흔한 놀이이
기도 하다.

그것이 그냥 귀엽고 재미난 풍경으로 어른들의 눈 바깥에서 흘러
가 버린다.

냉장고 박스는 다락방에 올려졌다. 세로로 긴 단단하고 커다란
종이 상자는 다락에 가로로 뉘어졌다.

비밀스럽고 조용한 공간, 그곳에서 풍기는 종이 냄새가 상자 안을 더 아늑하게 해 준다.

다락의 냉장고 박스.

수철이만의 본부 같았다.

수철이는 학교에 다녀와서 다락에 올라가, 몰래 '생라면'을 부숴 먹었다. 라면 수프를 조각난 라면에 약간 뿌려 먹으면 입맛에 딱 맞았다. 매콤, 짭짤, 고소함. 우두둑! 맛과 더불어 단단함이 입 안에서 부서지는 느낌이 좋았다. 생라면 먹지 말고 계란 넣어 끓여 먹으라는 엄마의 말을 따르기 힘들었다.

다음 날에는 깜깜한 냉장고 박스 안에서 숙제도 했다. 그다음 날에는 형을 수철이만의 공간으로 불러들이기도 했다. 삼사일 동안 집에 오자마자 수철이는 줄곧 다락에 올라갔다. 빤해 보였지만, 매번 새롭고 다른 기대감을 안고 몸을 낮춰 상자 안으로 들어갔다. 그 안에 들어가면 수철이는 먼저 흐뭇한 미소를 지었다.

그러다가 냉장고 박스와는 다른, 제대로 된, 진짜 본부를 만들면 어떨까 생각했다. 다락이 아닌 다른 장소, 산속 같은 곳에 말이다.

어떤 것에 익숙해져 처음의 재미가 사그라지면, 또 다른 흥밋거리를 찾는 것이 아이들이었다. 깊이 궁리하지 않아도 이내 새로운 놀이가 아이들의 조그만 머릿속에 떠올랐다.

'허클베리 핀의 나무 위 집, 그런 집은 아니어도 무슨 작전 회의라도 할 만한 본부! 어느 누가 봐도 그럴듯한…'

수철이는 동네 아이들과 자기들만의 아지트를 만들 생각을 했다.

수철이는 정철이, 태호, 용주 등과 '본부'를 짓기로 모의했다. 토요일 한 시 삼십 분에 만나기로 했다. 장소는 뒷산.

약속대로 토요일 한 시 삼십 분, 아이들이 속속 모여들었다.

"삽 가져왔구나."

"우리 집엔 없어서 못 가져왔어."

"나도 가져왔다."

"너는?"

"난 톱!"

수철이는 등 뒤에 숨기고 있던 톱 한 자루를 보여 주었다.

뒷산은 동그랗고 야트막했다. 산이라기보다 언덕 같았다. 밤나무가 많아서 '밤산'이라 부르는 어른들도 있었지만, 아이들에겐 '뒷산'으로 통했다.

수철이와 아이들은 뒷산에 도착하자마자 흩어져서 적당한 장소를 물색하기 시작했다. 나무가 주변을 둘러싸고 있어서 아늑한, 나뭇가지들이 지붕 역할도 하는, 바닥에는 돌이나 파묻힌 바위가 없는, 수철이는 그런 장소를 생각하고 있었다.

"앗! 아아!"

그때 어떤 아이가 소릴 질렀다. 용주였다.

"용주야! 왜?"

"왜 그래?"

"뭔데?"

아이들이 다급하게 용주한테 달려갔다.

"밤송이를 밟았어!"

용주가 말했다.

가시가 운동화 옆을 뚫고 들어와서, 용주가 밤송이 가시에 조금 찔린 모양이었다. 아이들은 '뭐 그런 거 가지고 비명이냐?' 하는 표정을 지었고 별 신경도 안 쓰고 돌아섰다.

시간이 얼마 지났을까. 용주 때문에 아이들이 모였다 싱겁게 흩어진 지 십여 분쯤 흘렀을 때였다.

"야, 수철아! …얘들아! …여기! …이리와 봐! …빨리!"

정철이가 한 마디 한 마디 연이어 소리 질렀다. 아이들은 모두 아까 용주한테 그랬던 것처럼 정철이가 있는 곳으로 달려갔다.

"내가 여기를 삽으로 조금 팠거든!"

정철이 목소리가 떨렸다.

"근데 이것 봐!"

빨간 핏물이 검은 흙 속으로 스며든 흔적이 보였다.

"조금 더 파 봐!"

수철이가 말했다.

정철이는 조심스럽게…. 하지만 흙 속에 삽을 찔러 넣지 못했다.

"삽 줘 봐!"

수철이가 나서서 삽으로,

"푹!"

땅속 깊이 찔러 넣었다. 물컹한 느낌이 삽자루를 쥔 수철이 손에 전해졌다. 주변을 살살 조금 더 파헤쳤다. 라면 박스 같은 것이 묻혀 있었다. 수철이가 박스 주변을 파서 삽으로 박스를 들어 올리려 했을 때, 박스 바깥으로 뭔가가 튀어나왔다.

"이거 돼지고기 같은데!"

"무슨? 여기서 무슨 돼지고기!"

"으악!"

허리를 숙여 가까이서 박스를 보려던 태호가 외마디 비명을 질렀다. 뒷걸음질 치다 태호가 뒤로 자빠지고 말았다.

"이거, 이거 사람 손! 손이고 팔이잖아!"

"애기, 애기 손가락 아니냐?"

"진짜! 손가락이다!"

"으아! 핏물!"

모두가 경악했다.

"헉!"

빨간 피와 검은 흙으로 범벅이 되어 박스 바깥으로 튀어나온 것을, 아이들은 아기 손, 아기 팔이라 생각했다.

아이들은 그 장소를 벗어나 논길을 달렸다. 어떻게 산에서 여기까지 순식간에 달려 나왔는지 자기들도 놀랄 지경이었다. 파출소로 향했다.

"아차! 어떡하지?"

한참 뛰어가는데 용주가 말했다.

"왜?"

"나, 거기에 삽을 두고 왔어!"

"내 것도 거기 있거든!"

"짜식, 나중에 찾으면 되잖아!"

"그래, 빨리 신고부터 하자!"

아이들은 아까보다 더 속력을 내서 파출소로 뛰어갔다.

파출소! 파출소 계단을 올라 문을 확 열고, 아이들이 다급히 말했다.

"경찰 아저씨! 저희가요."

"신고, 신고하려고요!"

"진짜, 큰일 났어요!"

아이들은 무슨 간첩 신고라도 하는 듯한 모습이었다. 수철이와 아이들에겐 일생에 한 번 있을까 말까 한 중대한 목격이었고 대형 사건이라 할 만한 것이었다. 정말이지 아이들에겐 간첩 신고 못지않았다.

"허허허! 우리 파출소에 웬일로 귀여운 손님들이…. 꼬맹이들이 많이 놀랐나 보구나?"

"헉헉! 저, 저희가요."

"천천히! 그래, …무슨 일로 왔니?"

경찰 아저씨가 정철이 등을 살살 두드리며 말했다.

"저기 뒤에, 뒷산에요. 죽은 애기가, 애기가 죽었어요!"

아이들은 숨을 헐떡이며 말을 이어 갔다.

"팔도 비틀어져서 밖으로 삐죽 나와 있고요!"

"종이 상자 안에!"

"누가 파묻었나 봐요. 피! 피가 철철 흘렀어요."

"사실, 우린 본부 만들려고 했거든요!"

아이들이 저마다 한마디씩 쏟아 내며 횡설수설 호들갑이었다. 아이들이 금방 파출소 안을 장날 시장통으로 만들어 버렸다.

"그래, 그래. 오케이! 우리 꼬맹이들, 아저씨들하고, 보자…, 어디라고 했지?"

"뒷산이요."

"뒷산? 거기가 어디니?"

"저—기요!"

"그래. 어이, 김 순경하고 이 순경! 아이들 데리고…. 얘들아, 어디라고 했지?"

"저기 뒷산이라니까요."

다른 두 명의 경찰 아저씨보다 나이가 많아 보이는 경찰이 두 명의 경찰에게 뭐라 뭐라 말했다.

아이들이 경찰 아저씨들을 안내했다. 어느새 아이들은 경찰 아저씨 두 명과 함께 다시 뒷산 '그 장소'에 와 있었다.

"김순경, 저기 주변 더 파 봐!"

"네."

경찰 아저씨 한 명이 용주의 삽으로 주변을 팠다.

"이 순경님, 여긴 아무것도 없는데요."

"얘들아, 너희들은 뒤돌아 있어라. 여기 보면 안 돼!"

수철이는 살며시 고개를 돌려 경찰 아저씨들이 뭘 하는지 봤다.

라면 상자 크기의 종이 박스가 있었고, 거기에는 매직펜 같은 것으로 'ㅇㅇ의원'이라 쓰여 있었다. 그리고 맞았다. 갓 태어난 아기가 종이 박스 안에 있었다.

"김 순경! 찢어!"

김 순경은 'ㅇㅇ의원'이라 쓰인 부분을 찢은 다음, 상자를 흙으로 덮었다.

"너희들 어느 국민학교 다니니?"

아이들과 파출소로 향하며 경찰 아저씨가 물었다.

"장안국민학교에 다녀요."

"몇 학년 몇 반? 이름이 뭐니?"

"오 학년 삼 반 서용주!"

"오 학년 일 반 이정철!"

"저는 정태호!"

"저는 같은 학교 오 학년 일 반 최수철이요."

아저씨는 수첩을 꺼내 아이들 신상을 받아 적었다.

'혹시 투철한 신고 정신으로 표창장이라도 받는 건가?'

수철이는 어쩌면 상을 받을지도 모른다, 라는 생각을 했다.

"아저씨, 그 삽 제 건데요."

용주가 말했다.

"아, 그래."

지팡이처럼 삽을 짚으며 걷던 경찰 아저씨가 용주에게 삽을 건넸다.

"얘들아, 이제 집에 가자! 공부 열심히 해야 한다."

"엄마 말씀 잘 듣고."

경찰 아저씨들이 한마디씩 했다.

"네, 안녕히 가세요."

아이들은 파출소 앞에서 발길을 돌렸다.

아이들은 집으로 돌아가지 않았다. 용주네 집 앞에 쪼그려 앉아서 한마디씩 '썰'을 풀기 시작했다.

"그 뭐냐… 병원에서 수술하다가 의사가 잘못해서… 아기가 죽은 거 아냐?"

"근데 왜 산에다 묻어? 그럼, 묻은 사람이 누구야?"

"그 병원에 까만 양복 입은 커다란 아저씨 있잖아!"

"도대체 아기를 왜?"

"낙태! 맞다. 낙태! 그거 그 병원에서 했나 보다."

"낙태가 뭔데?"

"그게… 뭐냐면은… 에이, 그런 거 있어."

"아기 엄마는 괜찮을까? 건강했으면 좋겠다."

"아기 엄마가 불쌍하다."

"나는 울지도 못하고 죽은 갓난아기가 불쌍하다."

"애기가 태어나다가 죽은 게 맞는 거냐?"

"그 병원, 경찰서에서 수사할 것 같지 않냐?"

"그러면 그 병원 문 닫는 거야?"

"의사 잡혀가고?"

"지난번에 그 병원에 갔었는데, 의사 선생님 눈빛이 수상하더라. 무섭기도 했어."

"거기 병원 냄새도 이상했어. 분위기도 좀 어둡고 우중충하고."

"병원 냄새는 다 그렇지 않냐?"

"거긴 더 지독해!"

"나도 생각해 보니까 좀 이상했던 거 같애."

아이들은 이야기를 하며 의혹을 부풀렸다.

"집에 가자. 엄마가 찾으시겠다."

수철이가 말했다.

"그래. 그만 가자. 근데 재밌다."

"뭐가?"

"우리 얘기하는 거. 헤헤."

용주가 웃으며 말했다.

그날 이후 며칠 동안 아이들은 학교 갔다 와서 병원 주변을 서성였다. 어떤 날은 수철이와 용주가, 어떤 날은 수철이 혼자서 병원을 기웃거렸다. 그러나 병원은 문을 닫지도 않았고 평소처럼 동네 사람들만 들락날락했다. 예전과 다를 바 없었다.

확실히 알 수 없어서 생겨났던 며칠 동안의 의혹은 아이들 관심 밖으로 사라지는 듯했다.

"수철아!"

집에서 막 나오는 수철이에게 태호와 용주가 뛰어오면서 소리쳤다.

"뭐 하는데? 지금 병원 앞에서 난리 난 것도 모르냐?"

"동네 사람들 다 거기 있다니까!"

태호와 용주가 차례로 말했다.

세 명의 아이들은 ○○의원 앞으로 뛰어갔다. 사람들이 엄청 많았다. 동네 주민 절반이 거기에 모여 있는 것 같았다. 병원 앞에는 경찰차 두 대도 있었다. 그리고 아주머니 한 분을 가족으로 보이는 어떤 아저씨가 뒤에서 안고 말리는 모습이 어른들 허리 틈 사이로 보였다.

"내 손주! 갓난애기가 죽은 게 언젠데! 우리 딸아이가 입원한 지 얼마나 됐다고 또 죽냐고?"

아주머니는 북받치는 가슴을 치며 소리쳤다.

"우리 딸 살려 내! 살려 내라고!"

"내 손주! 내 손주도 살려 내! 살려 내란 말이야!"

기운이 빠졌는지 아주머니는 흐느끼며 풀썩 주저앉아 버렸다.

사람들의 시선이 아주머니에게서 병원 현관문으로 향했다. 어떤 청년이 양동이에 든 빨간 액체를 병원 문에 뿌렸다. 병원 현관과 그 주변이 빨간 페인트 같은 것으로 범벅이 되었다. 그것이 현관 앞 회색 계단 아래로 흘러내렸다. 청년은 주저앉아 버린 아주머니에게 다가가 아주머니를 부둥켜안고 흑흑 울기 시작했다.

잠시 후, 벌겋게 물든 문이 열리고 경찰 아저씨와 까만 양복 입은 덩치 큰 아저씨가 나타났다. 그리고 뒤따라서 경찰 아저씨 두 명 사이에 팔짱이 끼인 채 나온 의사 선생님도 경찰차에 탔다. 의사 선생님은 고개를 들지 않았다.

"에구, 불쌍해라. 갓난아기가 세상에 나오자마자 죽었다는구먼. 쯧쯧!"

"저기, 저 까만 옷 입은 남자가 아기를 산에다 묻었다고 그랬지?"

"그런가 봐요."

"아기 엄마는 출산하고 나서 입원해 있었다며?"

"근데 갑자기 구토하고 과다 출혈이 있었다잖아!"

"그럼 오늘 낮에 눈을 감았다는 게 맞아?"

"글쎄, 그렇다니까. 그러니까 이 난리지."

동네 아줌마들 얘기가 웅성웅성 주변에서 들렸다.

"저 청년이 남편인가 보네."

"돼지 피를 양동이 가득 담아 들고 와서…."

"그랬구먼."

동네 아저씨들도 팔짱 끼고 한마디씩 했다.

"내가 그랬지? 이 병원 이상하다고."

용주가 말했다.

"그럼, 여기서 갓난아이도 죽고 엄마도? 그런 거네."

"저기 저 사람이 아기 아빠인가 보다."

"근데, 왜 돼지 피를 뿌린 거야?"

"돼지 피?"

"아까 어떤 아저씨가 그러시던데!"

"야, 그것도 모르냐? 분통이 터져서 그런 거잖아!"

용주와 태호가 동네 아줌마, 아저씨들처럼 얘기했다.

"우리도 돌멩이라도 던질까?"

"병원 창문에? 정말? 재밌겠다. 헤헤."

"까불지 마라!"

수철이가 용주와 태호에게 한마디 던지고 돌아섰다.

"수철아, 어디 가는데?"

태호가 물었다.

"난 집에 간다."

"얘들아, 우리 달고나! 달고나 하러 가자!"

"저쪽 골목에 달고나 하는 데 있잖아. 잘만 하면 달고나 서너 개를 공짜로 먹을 수 있다니까!"

용주가 달고나 하러 가자고 보챘다.

"수철아, 너도 같이 가자!"

아이들은 또 다른 흥밋거리를 찾고 있었다.

경찰차가 떠나고, 모여들었던 동네 어른들도 흩어져서 ○○의원 앞에는 검은 피만이 흥건했다.

그 후로 얼마간 한산하던 병원은 다시 동네 사람들이 들락날락하기 시작했다. 예전의 의사 선생님과 까만 양복 입은 덩치 큰 아저씨는 병원에서도 동네에서도 더 이상 보이지 않았다. 수철이 눈에 병원은 달라진 게 없어 보였다. 동네 사람들도 예전과 다름없이 다시 분주한 모습이었다. 마치 어른들도 아이들도 병원 건물도 '언제 무슨 일이라도 있었냐?'라고 되묻는 것 같았다.

13. 강아지

너 어렸을 때 하얗고 조그만 강아지가 있었단다.
어찌나 악착같이 네 옆에 붙어서
사람들이 널 만지지 못하게 하는지….
그래서 엄마가 넌 걱정하지 않았어.

자다가 눈을 떴다. 강아지가 등을 보인 채 수철이 바로 앞에 앉아 있다. 강아지는 목을 길게 빼고 경계하듯 바깥쪽을 보고 있다. '내가 잠들어 있는 동안 내 앞에 앉아 있었구나.' 수철이가 일어나 앉는다. 그랬더니 강아지가 꼬리를 흔들며 다가와 초롱초롱한 눈으로 수철이를 바라본다. 수철이는 밖으로 나간다. 강아지가 앞장서서 걷는다. 머리를 돌려 가끔 수철이를 쳐다보며 수철이 앞에서 걸어간다. 두 손을 뻗어 강아지를 안으려 하자 강아지가 걸음을 멈춘다. 강아지는 수철이 가슴과 얼굴에 안긴다. 강아지가 수철이 귀를 핥는다.

수철이가 귀를 비비며 일어났다. 귀가 간지러웠다. 낮잠을 자고 일어난 것이다. 수철이는 꿈을 꾸었다. 눈을 비비며 일 층으로 내려갔다.

"엄마! 저 어렸을 때, 강아지 키웠었다고 하셨잖아요?"

일하고 있는 엄마에게 가서 강아지 얘길 꺼냈다.

"그래, 키웠었지."

엄마는 바느질하며 대답했다.

"저, 꿈에서 그 강아지 본 거 같아요."

"호호호, 그래?"

"네."

"강아지가 어떻게 생겼더냐?"

"그건 모르겠고 제가 자는데 앞에 있었어요. 제 귀를 핥았어요."

"정말 꿈에서 강아지를 봤나 보구나!"

"엄마, 옛날에 키웠던 강아지 얘기 좀 해 주세요?"

"음… 너 어렸을 적에 하얗고 조그만 강아지가 있었단다. 어찌나 악착같이 네 옆에 붙어서 사람들이 널 만지지 못하게 하는지…. 누가 너한테 다가가기만 해도 강아지가 막 짖었지. 그래서 엄마가 넌 걱정하지 않았어. 강아지가 널 지켜 줬거든…"

수철이가 엄마에게 강아지 얘기를 해 달라고 한 건 지금이 처음이다. 엄마가 동네 아줌마들과 얘기를 나눌 때, 지나가는 말처럼 수철이를 가리키며 수철이를 지켜 줬던 강아지에 대해 이야기했던 적이 있었다. 또 어느 날은 텔레비전을 보던 엄마가 예전에 키웠던 강아지가 수철이를 그렇게 따라다녔다는, 아무도 수철이를 건드리지 못하게 했다는 이야기를 한 적이 있다. 그리고 수철이는 한 번 더 엄마의 강아지 이야기를 들었던 것 같다. 그때마다 수철이는 강아지에 대해 엄마에게 여쭤보지는 않았다. 사실, 수철이는 강아지에 대한 기억이 없다. 전적으로 엄마한테 들어서 그런 강아지가 있었다는 것을 알 뿐이었다.

"엄마! 제가 몇 살 때였어요?"

"강아지 키웠을 때 말하는 거니?"

"네."

"니가 세 살이나 네 살이었을 거야."

"그럼, 그 강아지 어떻게 됐어요? 왜 계속 안 키웠어요?"

"귀엽고 예쁘니까 누가 데려간 거지. 세탁소 아줌마 말로는 어떤 사람이 승합차에 싣고 갔다고 하더구나."

꿈 때문에 수철이는 계속 강아지 생각을 하는 것 같았다. 강아지에 대한 엄마의 얘기를 흘려버리지 않고 마음속에 두고 있어서 오늘 꿈을 꾸었는지 모르겠다. 수철이는 '강아지를 다시 키우면 어떨까?' 하는 생각을 했다. 여름방학이기 때문에 강아지가 생기면 자기가 잘 돌봐 주고 잘 놀아 줄 수 있다고 생각하고 있다.

"엄마, 우리 강아지 키우는 거 어때요?"

"얘가 오늘따라 강아지 타령을 하더니, 목적이 그거였구나?"

"…"

"근데 강아지를 어디서 키우니? 마당이 있는 것도 아니잖니?"

"제가 알아서 잘 키울게요. 잘 키운다구요. 제가 밥 주고 똥 치우고 다 할게요. 네?"

"가만있어 봐. 외갓집에 새끼 강아지가 서너 마리 있다고 한 것 같은데…. 방학이니까, 방학 동안 키워 볼래?"

"와아! 정말요? 진짜요?"

"재홍이 외삼촌이 낼모레 온다고 했으니까, 그때 강아지 한 마리 가져오라 해야겠다."

"네? 낼모레요?"

수철이는 자기 생각대로 일이 참 쉽게 풀리는 듯했다. 엄마도 강아지가 있으면 좋겠다, 라는 생각을 했는지 모르겠다. 혹은 훗날 두 아들이 기억할, 어릴 적 추억이 될 만한 일이라 여겼는지도 모른다. 아무튼, 수철이는 신이 나서 그날부터 외삼촌이 오기만을 손꼽아 기다리게 되었다.

외삼촌이 오던 날, 외삼촌의 손에는 종이 가방 하나가 들려 있었고 그 안에는 초롱초롱한 까만 눈의 귀여운 강아지가 오들오들 떨고 있었다.

수철이는 라면 상자로 강아지집을 만들었다. 상자에 구멍을 내서, 그걸 강아지집 대문이라고 했다. 상자 안에다가는 수건을 두 장 깔아 주었다. 수철이가 엄마 허락을 받고 부엌에서 그릇 두 개를 가져왔다. 하나는 밥그릇, 또 하나는 물그릇이라며 강아지집 문 앞에 놓았다.

며칠 동안 강아지를 애지중지하며 하루 세 번 밥 주고 똥오줌 치우고, 밖에 데리고 나가, 같이 천천히 달리기도 했다. 안방에서 가족이 밥상 앞에 둘러앉아 식사할 때마다, 강아지는 자기 밥은 게 눈 감추듯 다 먹어 치우고 방으로 들어왔다. 안방 문지방에 쪼그리고 앉아 밥상을 바라보는 강아지의 모습은 며칠 사이 수철이 가족 모두에게 익숙한 풍경이 되었다.

'무궁화꽃이 피었습니다!' 놀이 하는 것처럼 강아지는 수철이 가족이 안 볼 때마다 밥상으로 슬금슬금 가까이 다가왔다. 그러고는 무엇을 더 달라는 간절한 눈으로 수철이 가족을 쳐다보았다. 그러면 수철이는 종종 밥맛 없다며 수저를 놓고 밖으로 나갔다.

수철이는 자기가 남긴 밥을 엄마 몰래 강아지에게 주었다. 강아지가 얼마나 잘 먹던지.

무릎을 끌어안고 강아지 앞에 앉아, 물을 찰싹이며 핥아 먹는 강아지를 볼 때면, 수철이는 자기도 강아지처럼 물을 혓바닥으로 핥아 먹어 볼까, 하는 생각이 들었다. 그래서 한번은 수철이가 국그릇에 물을 담아 강아지처럼 물을 핥아 먹어 보았는데, 강아지보다 수철이의 혀가 짧아서 그런지 제대로 되지 않았다.

강아지와 관련해서 수철이는 엄마한테 한 가지 부탁을 반복해서 하기도 했다. 그건 하룻밤만 이불 속에서 강아지랑 같이 자게 해 달라는 것이었다.

"안 돼! 안 된다!"

엄마는 절대로 들어주지 않았다.

강아지와 지낸 지 일주일이 지났다. 수철이 가족 모두가 강아지에게 호의적이었다. 한 사람만 빼고. 수철이 가족 중에 유일하게 강아지를 싫어하는, 아니 강아지 키우는 것을 반대하는 사람이 있었다.

수철이 아빠는 냄새나고 아무 때나 방 안에 들어온다며 강아지를 못마땅해했다. 강아지는 마당 있는 집에서 마당에 풀어놓고 키워야 한다는 것이 아빠의 변함없는 주장이었다.

강아지가 다시 외갓집으로 가게 될 뻔한 일이 있었다. 그건 집안의 거의 모든 중요한 일의 결정권을 가진, 아빠의 전화 한 통 때문이었다. 아빠의 전화를 받고 며칠이 지나서 재홍이 외삼촌이 왔고, 수철이와 수철이의 형이 없는 사이에 외삼촌은 강아지를 데리고 간 것이다. 다행히, 외삼촌이 강아지를 데려간 지 몇 분이 채 지나지 않아 수철이가 집에 들어왔다.

"엄마, 강아지 어딨어요?"

수철이는 강아지를 찾았다.

"수철아, 외삼촌이 오셔서 도로 데려갔단다."

"왜요? 언제, 언제요?"

"수철아, 강아지는 외갓집에서 키우는 게…."

수철이는 엄마의 말을 듣지도 않고 곧바로 버스 터미널로 뛰어갔다. 터미널은 수철이네 집에서 그리 멀지 않았다. "헉헉!" 숨을 헐떡이며 외삼촌을 찾았다. 시골 마을의 작은 터미널 대합실이라 외삼촌을 찾는 것은 식은 죽 먹기였다. 외삼촌은 터미널 대합실에 앉아 있었다. 아직 수원행 버스가 오지 않은 모양이었다.

"외삼촌!"

"수철아!"

"강아지 데려가지 마세요. 네?"

"…."

외삼촌은 수철이를 바라보기만 했다. 외삼촌은 미소 짓고 있었다. 어떤 이유에선지 흐뭇해하는 것 같기도 했다.

"강아지 제가 다시 집에 데려갈게요."

"수철아, 그건 안 돼요. 외삼촌이 데려가서 키울 테니 아무 때나 외갓집에 놀러 오자. 그러면 되잖니?"

"싫어요! 제발요! 데려갈래요. 제가 데려갈게요."

"이 강아지는 집에서 못 키워요! 조금 있으면 이만큼 클 텐데 어떡하려고 그래? 외갓집 마당에서, 밭에서 맘껏 뛰어다니면서 자라야 강아지한테 좋은 거야. 강아지도 그러고 싶을걸."

외삼촌의 이야기는 수철이 귀에 들어오지 않았다. 눈물을 글썽이며 얼마나 졸라 대고 고집을 부리는지, 외삼촌은 버스를 타지 못하고 다시 수철이네 집으로 가야 했다. 집에 와서 외삼촌과 수철이 아빠가 짧게 얘기를 나눴다. 그런 다음 외삼촌은 수철이 아빠한테 인사하고 수철이에게도 인사했다.

"수철아, 외삼촌 간다. 강아지랑 잘 놀고, 음, 잘 키워야 한다."

"네, 외삼촌. 안녕히 가세요."

강아지는 수철이가 만든 집 안에 들어가서 다시 웅크리고 있게 되었다. 수철이 눈에는 강아지가 자기만큼 기뻐하는 것 같지 않았다.

그날 조금 늦은 오후, 수철이는 바람이라도 쐬어 주려고 강아지를 데리고 밖으로 나갔다. 수철이가 강아지에게 따라오라고 손짓했다. 수철이가 앞에서 먼저 뛰었다. 강아지는 잠시 우물쭈물하다 수철이를 향해 짧은 발로 달려갔다. 수철이가 골목 모퉁이를 돌아서 뛰다가 하마터면 오토바이와 부딪칠 뻔했다.

"앗, 깜짝이야! 휴우! 다행이다."

수철이가 한숨을 돌리는 사이….

"깨갱! 깽깽깽! 낑낑!"

강아지가 오토바이에 치였다. 믿을 수 없고 믿기 싫은 일이지만 강아지가 치인 것이 분명했다.

"꾸욱! 꾸욱! 낑낑!"

오토바이에서 내린 아저씨가 낑낑거리는 강아지에게 다가갔을 때, 강아지는 일어나지 못했다. 워낙 체구가 작은 강아지였다. 수철이도 강아지에게 뛰어갔다. 그치만 더 가까이 가지 못하고 오토바이 아저씨 등 뒤에 멈춰 섰다.

오토바이 아저씨가 얼마나 놀랐던지 돌아서는 아저씨 표정이 발 갛게 상기돼 있었다. 아저씨는 급하게 뭔가를 찾았다. 오토바이 뒷 자리에 끼어 있는 신문지 뭉치를 빼서 강아지를 신문지로 보이지 않 게 둘러 감았다.

"꾸욱! 꾸욱! 낑낑!"

강아지 소리가 희미하게 들렸다. 아저씨는 강아지를 안고 수철이 네 집까지 수철이와 함께 갔다. 수철이는 아무 말이 없다.

"여기니? 여기가 너희 집이야?"

"…."

수철이는 고개만 끄덕였고 여전히 입을 다물고 있었다. 아저씨는 수철이 아빠에게 인사를 하고 무슨 이야기를 했다. 아저씨는 강아지를 바닥에 놓고 나갔다. 아빠는 수철이 손을 잡고 집 앞에 있는 지물포 겸 신발 가게에서 조그만 신발 상자 하나를 얻어 왔다. 아빠는 신문지에 싸인 강아지를 상자 안에 넣었다. 이제는 희미하고 약한 강아지 숨소리조차 들리지 않았다. 수철이는 아까부터 내내 어안이 벙벙했다. 슬픈 것도 같고 자신에게 화가 난 것 같기도 하고 무섭기도 했다. 기분이 이상했다.

아빠는 그날 저녁, 신발 상자와 삽 한 자루를 들고 뒷산으로 갔다. 수철이는 저녁을 먹다 말았다. 이제 남긴 밥을 줄 강아지는 없었다. 수철이의 축 늘어진 어깨와 어두워진 얼굴빛이 좀체 바뀌지 않았다.

'외삼촌이 낮에 그냥 데려가게 놔뒀어야 했어. 따라오지도 못하는 조그만 강아지를 내가 뛰게 했어. 나 혼자 앞서서 막 뛰어서 그랬어. 나 때문에…'

강아지는 하늘나라로 갔다.

수철이는 눈물이 나지 않았다. 그런데 슬펐다. 그날 저녁 수철이의 태도는 너무나 엄숙하고 경건했다. 후회도 몹시 했다. 정말 그런 일이 있었는지, 도대체 무슨 일이 있었는지 수철이는 여전히 어리둥절하다. 아마도 지금까지 살아오면서, 열두 살 수철이 인생에서 오늘이 가장 힘들고 슬픈 날일 것이다.

14. 목욕탕

목욕탕에서 몸은 너무나 자유로웠고,
생각은 더 그러했다.

!
,

"수철아, 어서 일어나!"

"…"

"목욕탕 간다고 깨워 달라 했잖니?"

"…"

"어서!"

부엌에 있던 엄마가 방에 들어와 수철이를 흔들어 깨웠다.

"네에! 알았어요. 일어나요."

"오늘도 프라자목욕탕 가니?"

"네."

동네에는 목욕탕이 딱 둘. 수철이가 프라자목욕탕으로 가는 데는 이유가 있었다. 작은아버지가 선물해 준 손목시계를 신신목욕탕에서 잃어버렸었다. 깜박하고 목욕탕에 시계를 두고 나온 것을 알고 바로 찾으러 갔었는데, 시계는 사라지고 없었다. 그때가 탕을 나온

지 채 일 분도 지나지 않은 시간이었다. 그 후로는 절대 신신목욕탕에 가지 않았다.

"수철아, 형 깨워서 같이 가지 않을래?"

엄마가 말했다.

"형은 안 일어난다니까요. 깨워도 소용없어요."

수철이는 일요일이면 형이랑 둘이 목욕탕에 가곤 했었다. 근데 언제부터인지 수철이는 이불 속에서 나오지 않는 형을 깨우지 않았다. 수철이는 혼자 목욕탕에 다니기 시작했다.

웬만하면 가끔은 형을 깨워서 둘이 함께 갈 법도 한데 수철이는 혼자서 목욕탕에 갔다. 수철이가 그렇게 한 데는 그럴 만한 이유가 있었다.

"애야, 혼자 왔니? 아빠는 어디 계시니?"

"저, 혼자 왔는데요."

수철이는 퉁명스럽게 대답했다.

"녀석 용감하네. 어른스러워."

"…"

"몇 학년이니?"

"오 학년인데요."

수철이의 대답은 여전히 퉁명스럽다.

"짜식! 숙성한 녀석이로구나. 허허."

처음으로 혼자 목욕탕에 갔던 날, 어떤 아저씨가 수철이에게 그렇게 말했다. 어린아이가 목욕탕에 혼자 다니는 것이 어른스러워 보인다는 걸 수철이는 그때 알게 되었다. 어린 애 취급받지 않고 어른들과 동등한 대우를 받는 것 같은 기분이 들었다. 수철이는 그 기분이 맘에 들었다. 그리고 어른이나 아이나, 양복 입은 아저씨나 작업복 입은 아저씨나, 일단 목욕탕에 들어오면 벌거벗은 모습이 모두 똑같았는데 수철이는 그것도 마음에 들었다.

가끔 혼자 왔냐며 물어보는 아저씨들이 있을 뿐 거기서는 엄마처럼 간섭하는 사람이 없었다. 수철이는 오롯이 자기만의 시간을 만끽하며 평온한 시간을 누릴 수 있었다. 목욕탕에서 몸은 너무나 자유로웠고, 생각은 더 그러했다.

"으으, 추워!"

수철이의 입김이 찬 공기 속에 하얗게 퍼졌다.

'양말을 안 신어서 더 춥게 느껴지나?'

바지 주머니에 주먹 쥔 손을 넣고 잰걸음으로 걷기도, 뛰기도 했다. 한겨울 새벽 추위 탓에 수철이는 서둘러 목욕탕에 가려고 했다.

"안녕하세요!"

구두 닦는 아저씨한테 인사하고 안으로 들어갔다.

'우리 집도 이렇게 따뜻했으면…'

지하 일 층 목욕탕 안은 따뜻한 온기로 가득했다. 방바닥만 따뜻할 뿐 웃풍이 심해서 훈훈하지 않은 수철이네 집과는 비교가 되지 않았다. 공기가 달랐다.

할아버지 한 분, 포클레인 장난감 갖고 노는 서너 살짜리 꼬마 아이와 그 아이 아빠, 그리고 수철이.

'사람도 몇 명 없고 물도 깨끗하고, 역시 목욕은 새벽에 해야 해!'

수철이는 최적의 목욕탕 이용 시간은 새벽이라고 생각했다. 오후에는 사람도 많고 새벽과 비교해 물도 깨끗하지 않다는 걸 알고 있었다. 수철이는 샤워하고 온탕에 몸을 담갔다. 처음에만 뜨겁지, 조금만 참으면 금세 좋기만 했다. 가끔, 아주 가끔 엄마 배 속의 아이는 어떤 느낌일까, 엄마 배 속 아기들은 무슨 생각을 할까, 상상하던 수철이는 여기가 엄마 배 속 같다, 라고 생각했다.

"아, 따뜻해! 시원하다. 좋다."

수철이 표정은 여느 아저씨의 그것과 다르지 않았다.

할아버지는 바닥에 앉아 때를 밀고 있었고 아저씨 한 분은 샤워하고 있었다. 꼬맹이는 세숫대야에 장난감을 담그고 뭘 열심히 하는데 뭘 하는지는 모르겠다. 수철이는 탕 안에 몸을 담그고 눈을 감았다. 가운데서 보글보글 월풀이 있는 탕 안에 턱 밑까지 몸을 담그고 고개를 뒤로 젖히면 저절로 눈이 감겼다. 매우 평화로웠다.

조용하던 탕 안에 꼬맹이가 들어왔다. 그리고 포클레인을 가지고 앉았다 일어섰다 하며 괴상한 행동을 반복했다. '서너 살짜리 남자 아이의 흔한 놀이와 장난이겠지.' 수철이는 별로 신경 쓰지 않았다.

아직 수철이는 탕 안에 있었다. 약간의 시간이 지난 후, 수철이는 누군가가 자기 무릎을 건드리는 느낌이 들었다. 그래서 눈을 뜨고 옆을 보았다. 근데 아무도 없었다. 꼬맹이도 없었다.

조금 있다, 또 뭔가가 수철이 무릎을 쳤다.

수철이는 '옆에 누가 왔나? 꼬맹이가 다시 탕 안에 들어왔나?' 그런 생각을 했다. 그러나 이번에도 아무도 없었다. 수철이는 눈 감은 채 이런 생각도 했다. '아까 꼬맹이가 가지고 놀던 포클레인 장난감 부품인지 모르겠다. 그게 월풀과 함께 물속에서 돌다가 내 무릎에 닿은 것일지도.'

일어나서 탕 안을 들여다보았다. 까만 것이 있었다. '그럼 그렇지.' 수철이는 자기 추측이 맞았다는 생각에 순간 기뻤다. '까만 그것'을 손바닥으로 건져 올리려 했다. 그것을 꼬마에게 건네줄 생각이었다. 장난감 부품일 것이라는 무의식적 자기 확신을 수철이는 조금도 의심하지 않았다.

'아뿔싸!'

"어! 허! 아! 으아아!"

온몸으로 소스라치게 놀라며, 그것을 차마 탕 안에 던져 버리지 못했다. 탕 밖으로 나와 일회용 면도기나 칫솔을 버리는 파란 쓰레기통에, 기겁하며 털듯이 그것을 던졌다. 수철이는 머리끝이 쭈뼛쭈뼛 솟고 온몸에 닭살, 소름이 돋았다. 갑자기 몹시 놀랐을 때 보일 수 있는 반응이란 반응은 전부 온몸에 나타나는 것 같았다. 샤워기를 틀어 손을 대여섯 번 헹구고 비누칠해서 닦고 또 닦아야 했다.

그것은…,

그건 '똥'이었다. 수철이가 건져 올린 것은 다름 아닌, '똥!'

물 먹어서 조금 힘이 없어진, 분명 '똥!'

"아저씨!"

수철이가 구두 닦는 아저씨를 불렀다.

"여기 애기가 안에다 똥 쌌어요!"

구두 닦으시던 아저씨가 달려왔다.

"아! 진짜!"

아저씨의 표정이 참담하고 절망적이었다.

"아, 참! 애기를… 잘 데리고 있으셔야죠! 애길 그냥 내버려 두시면 어떡합니까?"

구두 닦는 아저씨는 사태를 파악하고 나서 아이의 아빠에게 뭐라 뭐라 했다. 쓰레기통도 들여다보았다.

"아! 진짜!"

탕 안의 물을 빼면서 또 짜증을 냈다.

"아이 관리를 좀, 좀 데리고 살펴야지. 어휴! 이게 도대체 몇 번쨉니까? 네?"

"헉!"

수철이는 놀라서 온몸이 전기에 감전된 거 같았다. 초범이 아니었다. 수철이는 몹시 절망했다. 수철이가 다시 여기 올 수 있을까. 상습범의 주인공은 탕 안에서 장난감 가지고 놀던 서너 살 먹은 꼬맹이 녀석! 생각해 보니, 아까 일어났다 앉았다를 반복하며 엉덩이를 탕 안에 담갔던 꼬맹이 모습이 사뭇 진지해 보였었다. 그때, 일을 저질렀나 보다. 아이 아빠는 아들을 야단치지도 못하고 안절부절못했다.

탕 안에 여전히 떠다니는 그 파편들과 건더기들을 쳐다보고, 수철이는 다시 샤워기 앞에 서야만 했다. 온몸에 비누칠하고 때밀이 타월로 박박! 빡빡!

'아주 쪼끔이라 해도⋯, 땀구멍에까지 들어가지 않았을까? 헉! 탕 안에서 얼굴에 흐르는 땀을, 그 물로 닦았었는데. 입술에도 닿았는데. 그리고 입 안⋯. 젠장! 아이가 똥만 쌌을까? 오줌도? 그랬을 테지.'

사람의 탁월한 상상과 연상 능력이 이렇게도 혐오스럽다니. 수철이는 혐오스러운 그 능력을 막을 수 없었다. 수철이 입에서 온갖 나쁜 말들이 쏟아져 나올 것 같았다. 울고도 싶었다. 다시 대여섯 번을 비누칠하며 씻고 또 씻었다.

'나한테 왜 이런 일이! 도대체 왜 나한테!'

수철이는 울상이었다.

물 호스로 세게 물을 뿌려 가며 청소하는 아저씨는 "아, 진짜!"를 연발하면서 인상을 왕창 찌푸렸다. 아저씨는 한참 동안 찌푸린 얼굴을 펴지 않았다.

목욕탕 풍경은⋯,

청소로 박! 박!

미안함으로 안절부절!

수철이의 방정맞은 때밀이로 빡! 빡!

기력이 쇠약해서 바닥에 철퍼덕 앉은 할아버지만이 시선 한 번 돌리지 않고, 변함없이 때를 밀고 있었다. 귀가 어두운지 할아버지는 홀로 평화로워 보였다.

목욕탕을 나오며 기분이 더러운 건, 몸까지 더러워졌다고 느낀 건 그날이 처음이었다.

"벌써 왔니?"

엄마가 수철이를 보고 물었다.

"…"

"왜 이렇게 일찍 왔어? 돈 아깝게! 때는 밀고 온 거니? 제대로 좀 씻지 않고?"

"…"

수철이는 엄마의 잔소리에 대꾸할 기운도 없었다.

"수철아, 표정이 왜 그래? 오다가 똥이라도 밟았니?"

"헉!"

수철이는 아까 양 손바닥으로 '똥'을 건져 올릴 때처럼 다시 기겁했다.

"아침밥 먹자!"

엄마가 가족을 밥상으로 불렀다.

"어서, 어서 오너라!"

'된장찌개!'

수철이는 머리에 벼락 맞은 기분이 들었다.

밥상 한가운데 올려진 된장찌개는 탕 안의 '그것'을 연상시키기에 족했다. 그날따라 찌개의 빛깔이 그것과 왜 그렇게 흡사해 보였는지는 수철이만이 알 수 있는 일이다. 좋아하는 된장찌개 냄새가 역겨운 것도 처음이었다. 수철이는 한 숟가락도 뜨지 못했다.

뭔가가 자꾸 생각나는 것을 막기엔 수철이는 역부족이었다. 밥상 머리 앞에서 "엄마! 아빠! 형! 나 있잖아…; 똥물에서 목욕했어! 그것도 돈 내고!"라고는 도무지 말을 할 수 없었다. 그래서 수철이는 공연히 고개만 숙였다.

"똥물에서 목욕했어!"란 말이 머리 주변에서 계속 맴도는 것이 쫓아내도, 쫓아내도 앵앵대며 자꾸 찾아오는 한여름 밤의 짜증 나는 모기 같았다.

'목욕탕에서 항상 기분이 좋을 수만은 없는 거구나. 목욕탕에서 때를 밀고 오는 게 아니라, 때를 묻혀 올 수도 있는 건가?'

수철이는 말할 수 없는, 아니 말하기 싫은 비밀을 품고 엄마가 정성스레 차린 밥상을 물려야 했다. 꼬맹이를 미워할 수 없었으나 귀여운 자식은 아니라고 생각했다. 신선하고 맑은 아침 햇살에 몸을 내놓으면 정화가 될까 싶어, 수철이는 추위에도 창문을 활짝 열었다.

그 후로 얼마간 수철이는 목욕탕에 갈 수 없었다. 마침내 다시 가게 되었을 때, 탕 안에는 들어가지 않았다. 다시 탕 안에 들어가기까지 꽤 긴 시간이 필요했고, 탕 안에 들어가서는 평화롭게 눈을 감을 수 없었다.

목욕탕은 중년이 된 내게 어른 놀이터이다.

때를 밀고 몸을 씻는 본래의 목적에 더해, 생각을 정리하며 혼자

만의 시간을 누리는 생각 놀이터다. 일요일 아침이면 어김없이 목욕탕에 간다. 오래된 습관이다.

어쩌다가 드물게 홀로 사우나에 들어오는 초등학생을 보게 된다. 그러면 그 아이가 참 어른스러워 보인다. 문득 어릴 적 생각이 나서 말을 걸고 싶기도 하다. 근데 직관적으로 말하던 어린 시절과 달리, 가능한 한 말을 삼가게 된다. 난데없는 낯선 아저씨의 질문을 아이가 어떻게 받아들일지 몰라, "아빠랑 같이 왔니? 몇 학년이니?" 같은 평범한 질문도 안 한다.

초등학생에게 말도 걸지 못하는 주제에, 얼토당토않은 질문을 할 수 있을까.

"너, 혹시 똥물에서 목욕해 봤니?"

차마 묻지 못하고 혼자서 피식 웃었다.

15. 죄책감

메뚜기, 개구리, 사슴벌레…
작은 생명에 대한 미안함 때문에
갑자기 기운이 빠지는 느낌이 들었다.

바람개비, 팽이, 종이비행기, 종이배….

아이들은 움직이는 것에 환호했다. 하물며 잠자리, 물고기, 매미, 땅강아지… 스스로 움직이는 생명체라면….

얼마 전까지 아이들은 논으로 메뚜기를 잡으러 다녔다. 어디서 배웠는지 어떤 아이들은 잡는 데 그치는 것이 아니라, 구워 먹기도 했다.

메뚜기에 관한 한, 수철이는 자기만의 독특한 방식으로 그것을 구워 먹었다.

수철이는 벼 줄기를 뽑아서, 메뚜기 등을 거기에 꿴다. 집에 돌아와서 메뚜기를 유리병에 넣고 그 안에 참기름을 약간 떨어트린다. 그리고 할아버지 댁 아궁이에 넣는다. 그러면 메뚜기는 병 안에서 이리저리 튀면서 참기름 범벅이 되어 익어 간다.

시간이 조금 지나면 병이 까맣게 그을린다. 그러면 수철이는 병을

작대기로 아궁이에서 끄집어낸다. 그런 다음 뜨거운 기운이 식기를 기다렸다가 뚜껑을 열고 한 마리씩 꺼내 먹는다.

노릇하게 구워진 메뚜기 한 마리를 입 안에 넣으면 바삭바삭, 깨무는 소리와 고소한 맛이 일품이었다. 수철이는 무슨 영양 간식이라도 먹는 것처럼 자랑하며 먹었다. 그러니 하나만 달라며 수철이 등 뒤에 줄을 선 두세 명의 아이들은 금세 대여섯 명으로 늘어나기 일쑤였다.

메뚜기 유행이 끝나고, 개구리 잡는 게 한창이다.

어떤 아이들은 개울가에서 성냥으로 짚단에 불을 지펴 구워 먹기도 했다.

"야! 그걸 어떻게 먹어?"

"맛있어! 너도 먹어 볼래?"

"덜 익은 거 같은데?"

"아니, 이래 봬도 맛있다니까!"

까맣게 탄 껍질을 비벼서 털어 내고 조그마한 하얀 속살을 맛나게 먹는 아이들 입 주변이 검게 변했다. 그 모습을 수철이는 가만히 보고만 있었다. 개구리는 아직 내키지 않는 모양이었다.

"간에 기별이나 가냐?"

수철이가 기훈이에게 물었다.

"맛난다. 그리고 먹는 게 재밌는 음식이 있는데, 이게 그래."

"재미?"

"그래. 맛보다 재미로 먹는 게 있지. 요놈이 그래. 그렇다고 맛이 없다는 것도 아냐. 너도 먹어 봐! 다리 하나만 먹어 보라니까! 자!"

"뼈는?"

"발라내야지. 잘만 구워지면 쫄깃하고 메뚜기처럼 바삭해서 통째로 먹을 수도 있어."

성냥개비 같은 개구리 뼈를 뱉으며 기훈이가 말했다.

"몸통도 먹는다고?"

"당연하지. 굵은 소금하고 해서 먹어."

"머리는?"

"머리도 먹어. 정말 맛있다니까!"

"너 통째로 먹어 봤냐?"

"아니, 아직. 헤헤. 뒷다리밖에 안 먹어 봤어. 헤헤."

"근데, 왜 다 먹어 본 사람처럼 말하냐?"

'짜식, 아무튼 진짜 맛있게 먹네. 군침 돈다.'

"야! 여기 뱀이다!"

어떤 친구의 외침에 친구들은 모두 거기로 달려갔다.

몇몇 친구들이 냇가 수풀에 있던 뱀 한 마리를 막대기로 눌러 제압하고 있었다. 준영이가 막대기로 뱀의 허리를 건져 올렸다. 그리고 그것을 큰 길바닥에 던져 버리고 도망치듯 뒷걸음질 쳤다.

거기로 달려간 아이 중에 한 친구가 뱀을 향해 돌멩이를 던졌다. 그 친구가 던진 돌멩이를 시작으로, 뱀을 포위하고 있던 아이들이 너나 할 것 없이 돌멩이를 던졌다. 그러고는 아무 일 없었다는 듯,

아이들은 금방 돌아서서 하던 놀이를 계속했다. 수철이도 다른 아이들처럼 다시 개구리를 잡으려고 개울가 풀숲을 헤쳤다.

"정현아! 개구리 잡아서 니네 가게에서 튀겨 먹으면 안 될까?"

수철이가 바로 옆에 있던 정현이에게 불쑥 개구리를 튀겨 먹자고 제안했다. 정현이네는 구멍가게를 했고 거기서는 핫도그도 팔았다. 수철이는 핫도그를 튀기는 커다란 기름통에다 개구리를 넣어 튀겨 먹을 생각을 했다.

"튀겨 먹자고? 어떻게?"

"니네 가게에 핫도그 튀기는 기름통 있잖아!"

"기름통? 와아! 기가 막힌 생각이다. 여기서 대충 구워 먹는 것보단 훨씬 낫겠다. 사실 여기서 구워 먹는 거 좀 찝찝했어. 근데 우리 엄마한테 혼나면 어떡해? 허락해 주실까?"

"글쎄, 허락은 안 되고…, 몰래 해야지."

"그치? 일단 개구리부터 잡자!"

정현이는 조금 모자란 구석이 있어서 누군가의 제안을 거절할 아이가 아니었다. 수철이와 정현이가 금방 토실토실한 걸로 다섯 마리를 더 잡아서 비닐봉지에 담았다.

"수철아, 아무튼 우리 가게로 가자!"

"그래. 너, 엄마한테 말하면 안 돼!"

"알아! 말해 봐야 야단만 맞을 텐데, 뭐."

"근데 엄마가 가게 비우실 때 있지 않니?"

"거의 가게에 계시지만…, 가끔 잠깐 비우시기도 해."

"…"

두 아이는 어떻게 될지 모르지만, 검정 비닐봉지를 흔들면서 가게로 갔다.

"안녕하세요!"

정현이네 엄마가 있었다.

"수철이구나. 키가 정현이보다 훨씬 큰걸!"

수철이는 멋쩍게 웃으며 머리를 긁적였다.

"정현아, 아빠 곧 오실 거니까. 수철이랑 잠깐만 가게 좀 보고 있어. 엄마, 농협에 좀 다녀올게."

'기회다!'

수철이가 빨리 대답하라고 정현이 어깨를 밀쳤다.

"네! 엄마, 다녀오세요."

농협에 가는 엄마의 뒷모습을 확인하고 정현이는 가게 문을 닫았다. 두 아이는 누가 먼저랄 것 없이 핫도그 튀기는 기름통으로 갔다. 방금 핫도그를 튀겼는지 기름통은 아직 뜨거웠다. 정현이가 가스 불을 댕겼다. 금방 기름이 보글보글했다. 정현이가 봉지에 있던 개구리를 막 기름통에 넣으려 했다.

"잠깐! 먼저 물로 씻어야지!"

수철이가 정현이 팔을 막았다. 수철이는 손아귀에 가득 차는 개구리를 한 마리씩 잡아서 흐르는 물로 헹군 다음, 펄펄 끓는 기름통에 넣었다. 개울가에서 헤엄치는 것과 똑같이 한 번, 두 번 기다란 뒷발로 발차기를 하더니 바로 굳어 버리고 말았다.

좌아! 지글지글! 보글보글!

어떤 놈은 가장자리에 있는 노란 핫도그 사이로 헤엄쳐 가다가, 역시 기름에 튀겨져서 등을 보였다 배를 드러냈다 했다. 푸른 개구리 빛깔이 거무스름하게 변했다.

"삼 분만 더 있다 꺼내자."

"엄마, 아니 아빠가 오실 수 있어! 그럼 어쩌려고? 빨리 꺼내!"

"조금만 더…."

정현이의 재촉에도 수철이는 꿈쩍 않았다. 그저 익어 가는 개구리에 시선을 고정했다.

두 아이는 빳빳하게 튀겨진 개구리를 신문지 위에 놓았다.

"정현아, 소금! 굵은 소금 갖고 와 봐!"

"소금은 왜?"

"너, 기훈이 알지?"

"어."

"기훈이가 그러는데, 굵은 소금하고 같이 먹으면 맛이 기가 막히대."

"하긴 그렇겠다."

"우리 눈 감고 먹자!"

수철이가 눈을 감으면 정현이가 수철이 입에 개구리를 넣어 주고, 정현이가 눈 감으면 수철이가 넣어 주기로 했다. 아무래도 수철이는 자기 손으로 직접 개구리를 자기 입 안에 넣는 게 께름칙했던 모양이다.

"윽! 씹어도 돼? 정말 먹는다?"

어금니를 깨물고 입도 다물었다. 입 바깥으로 튀어나온 개구리 다리를 잡고, 오물오물 씹었다. 무슨 맛일까, 궁금했던 수철이는 잘 튀겨진 통닭에 버금가는 개구리 맛에 속으로 감탄했다. 아니 더 맛있어했다.

"와! 정현아! 진짜 맛있다. 이렇게 맛있을 줄 몰랐다!"

수철이는 개구리를 통째로 먹었다. 너무 맛있고, 바삭해서 뼈가 있는지도 몰랐다. 핫도그 기름통에서 잘 튀겨진 덕분이었다.

다음은 정현이 차례.

"자, 됐어. 씹어!"

"…맛있잖아! 와아, 진짜 별미네!"

"그치?"

"난 맛있어서 웃음 나오려고 해. 흐흐."

수철이와 정현이는 개구리 다리만 먹고 만 것이 아니라, 개구리를 통으로 먹어 치웠다. 머리부터 발끝까지.

메뚜기에서 개구리로 쏠렸던 아이들의 흥미와 관심은 어느새 사슴벌레로 옮겨갔다. 탱크나 장갑차처럼 생긴 손가락만 한 사슴벌레를 가슴에 붙이거나 필통에 넣어서 아이들은 그것을 자랑하듯 갖고 다녔다. 가위처럼 생긴 큰 턱과 반질반질하고 갑옷 같은 검은 등이 멋있어서 아이들이 갖고 싶어 했던 것이 사슴벌레였다.

"현서야! 이거 어디서 잡았냐?"

현서 손바닥에 있는 사슴벌레를 보고 수철이가 말했다.

"준영이가 줬어. 얻었지. 내가 잡은 게 아냐."

"…"

"준영아, 사슴벌레 니가 잡은 거야?"

수철이가 이번엔 준영이에게 가서 물었다.

"어. 나 사슴벌레 잘 잡는다. 근데 왜 물어보는데?"

"어디서 잡은 건지 알려 줄래? 나도 잡아 보고 싶어서 그래."

"학교 후문으로 나가면 참나무 있잖아? 거기 잘 보면 나뭇가지 어딘가에 한두 마리 있을걸!"

수철이가 고개를 끄덕였다.

수업이 모두 끝나고 수철이는 후문으로 나갔다. 준영이가 알려 준 곳으로 가서 참나무 주변을 구석구석 살폈다.

'있다! 저기, 저기 있다!'

근데 수철이 손이 닿지 않는다. 수철이는 긴 나뭇가지를 꺾어 사슴벌레 옆구리를 톡톡 쳤다. 나무에 붙어 있던 사슴벌레가 떨어졌다. 떨어진 사슴벌레를 찾으려는데 웬 개미들이 이리도 많은지 온통 개미 천지였다. 수철이는 개미들을 발로 밟을까 조심하며, 또 피해 가며 사슴벌레를 엄지와 검지로 집어 들었다.

'드디어 나도 사슴벌레를!'

수철이는 잡게 되어서도 기뻤지만, 잡는 데 시간이 얼마 걸리지 않아서 더 기분이 좋았다. 까만 생명체를 손바닥에 놓았다. 손바닥에 느껴지는 사슴벌레의 움직임이 신기할 따름이다.

집에 와서 안 쓰는 플라스틱 필통을 서랍에서 꺼냈다. 필통 안에 사슴벌레를 넣고 뚜껑을 닫아 두었다. 잘 있는지 수시로 확인했고 박카스 병뚜껑에 설탕물을 담아 사슴벌레가 먹도록 해 주었다. 수 철이는 녀석이 과묵하다는 생각이 들었다.

잠자기 전에는 사슴벌레가 갑갑해하거나 숨쉬기 힘들어할 것 같 아서 필통 뚜껑을 조금 열어 두었다. 그리고 잠을 청했다.

"수철아, 사슴벌레가 없는데!"

다음 날 아침, 형이 이불 속에 있는 수철이에게 말했다.

"뭐?"

"사슴벌레가 없다고!"

"정말?"

'사슴벌레가 없어졌다. 날아갔구나. 날개가 있다더니 날아갔구나.'

수철이는 담담했다.

'뚜껑을 닫아 둘 걸 그랬나? 어차피 오랫동안 키울 수는 없어. 잘 됐는지 몰라.'

수철이는 딱히 미련을 두지 않았다.

오후의 구름이 골목을 검게 지나갈 즈음, 수철이는 집 앞 골목에 쭈그리고 앉아서 친구들이 밖으로 나오기를 기다리고 있었다. 멍하 니 앉아 있는데 땅바닥을 줄지어 기어가는 개미가 눈에 들어왔다.

그리고 자기 덩치보다 몇 배는 더 커 보이는 죽은 벌레의 날개를 물고 기어가는 개미 한 마리도 있었다.

"수철아!"

태호가 수철이를 불렀다.

"태호야! 빨리 좀 나오지 않고? 한참 기다렸잖아."

"수철아, 냇가에 가자. 애들 다 거기 있대."

수철이가 태호를 보고 벌떡 일어나서 발을 내딛다가 개미를 밟을 뻔했다는 사실을 알고 잽싸게 피했다.

'다행이다. 하마터면 개미 한 마리가, 아니 여러 마리가 죽을 뻔했어.'

그리고 불현듯 생각 하나가 머리를 스쳤다. 미안함 같은 것이었고 죄책감, 죄책감이었다.

'메뚜기보다 작은 개미 한 마리는 밟을까 봐… 그러면서…. 메뚜기를…, 벼 줄기로 메뚜기 등을 꿰었어. 그것을 숨도 못 쉬게 병에 담았고. 게다가 아궁이 불 속에 넣어 구워 먹었으니…. 개구리는 어떻고? 펄펄 끓는 기름통에…'

"제기랄! 내가 왜 그런 못된 짓을 한 거지?"

수철이 입에서 말이 튀어나왔다.

'뱀이 징그럽긴 하지만, 그렇다고 동네 아이들하고 돌멩이로…. 그렇게 할 게 뭐람. 걔네는 우리한테 아무 짓도 안 했는데. 걔네도 우리처럼 세상에 태어난 생명인데…'

메뚜기, 개구리, 뱀 등에게 정말이지 몹쓸 짓을 했다는 반성을 수

철이는 하고 있다. 그것이 죄가 될지 모른다는 생각과 작은 생명에
대한 미안함 때문에 갑자기 기운이 빠지는 느낌이 들었다. 이상하게
어깨가 처지고 고개가 숙여졌다.

'내가 많이… 잘못한 것 같다.'

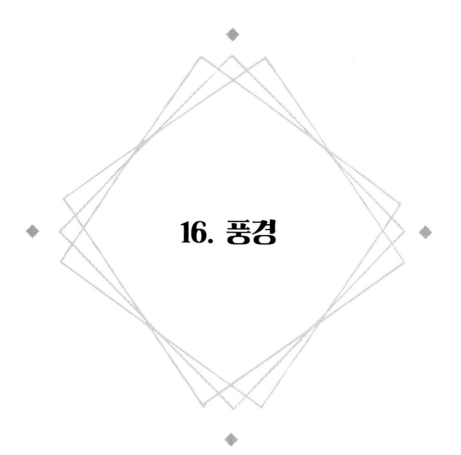

16. 풍경

불어오는 짙은 아카시아 향이
박하사탕처럼 마음을 환하게 한다.

양치질을 깜박했다며 학교 가다 말고 집으로 돌아온다. 양치질하고 거울을 보더니, 운동화에 묻은 마른 흙을 털어 낸다.

"앞으로, 나란히!"

어제 수철이는 앞에 서 있던 여자아이의 뒷걸음질에 발등을 밟혔었다. 운동장에서 앞뒤 간격을 벌리려는 아이들 사이에서 벌어진 일이었다. 엊그제 종일 내린 보슬비로 아직 물기 있는 운동장이라, 수철이 운동화에 박힌 그 아이의 뒤꿈치 발자국이 지워지지 않은 채 말랐다.

그 아이가 수철이보다 더 놀라서 뒤돌아보았고, 그 아이는 아무 말 못 하고 수철이에게 고개만 숙였었다. 수철이도 괜찮다, 라는 말을 하지 못했다.

오 학년이 되어서 새 친구들을 만났다. 수철이는 그중에 궁금한 아이가 생긴 것 같았다. 첫날에 발등을 밟혔고, 그로 인해 마음이 설레기 시작했다. 아침마다 양말을 신을 때도 바지를 입고 운동화를 신을 때도 깨끗한지 살펴봤다.

순 남자애들하고만 놀며 외모에 영 신경 쓰지 않던 수철이의 학교 가기 전 풍경이 달라지기는 했다. 그러나 그렇다고 이제부터 여자애들하고 어울려 보겠다는 건 아니었다. 같은 반에 좋아하는 여자아이가 있을 뿐이다.

그 아이하고 말을 하고 싶은 것도 아니었다. 하지만 수철이 마음에는 그 아이가 있었다. 수철이 발등을 밟은 아이.

'이애리!'

옷을 단정하게 입고 여자애들 중에선 키가 큰, 까무잡잡한데 깨끗한 얼굴, 단발머리를 한 마른 아이가 그 아이였다.

그 아이와 짝꿍이 되고 싶다는 생각…, 하지 않았다. 좋아하니까 짝이 되고 싶어 하는 것을 수철이는 유치하다고 여겼다. 짝꿍이 될 기회가 생기면 오히려 꺼리며 거부할 아이가 수철이였다.

수철이는 일 학년 때부터 여자애들하고 어울려 본 적도, 좋아하는 아이가 있었던 적도 없었다.

아! 한 번. 일 학년 때.

눈이 크고 얼굴이 하얀 아이. 수철이가 서너 달 좋아했던 아이가 있었다. 그때는 수철이가 그 애와 짝꿍이 되고 싶어 했던 것 같다. 그렇지만 한 번도 그 아이와 얘기해 본 적이 없어서 수철이란 아이가 자기를 좋아한다는 것을 그 아이는 몰랐을 것이다.

그건 지금도 마찬가지.

적어도 여름의 더위가 시작될 때까지, 그 아이는 수철이가 자기를 마음으로 좋아한다는 것을 알지 못했다.

학교 정문 좌우에 펼쳐진 개나리꽃이 노랗다.

5월의 어느 봄날, 전학생이 한 명 왔다. 서울에서 왔다는데 녀석이 세련되어 보였다. '세련됐다'는 표현을 수철이와 친구들은 잘 알지 못하면서도 썼다. 아무튼 그 전학생 녀석에겐 뭔가 다른 구석이 있다는 것은 알 수 있었다.

'사내 녀석이 얼굴이 왜 저렇게 투명하지? 머리는 어디서 잘랐길래? 우리 동네 이발소는 아닌 거 같구…'

수철이는 전학생에 대해 궁금한 질문을 머릿속으로 이것저것 하고 있었다.

"야! 이거, 니 글씨니? 와아! 글씨 엄청 잘 쓴다. 어른 글씨 같애."

국어 시간이 끝나고, 영민이 녀석이 전학생 옆에서 감탄했다.

"와아! 정말 글씨가 예쁘다."

몇몇 여자애들도 감탄했다. 아이들이 구경한답시고 전학생을 에워쌌다. 수철이는 그러려고 했던 것 같지는 않았는데, 어느새 다른 친구들처럼 구경하고 있었다.

'잘 쓴다.'

학교 앞 큰길을 버스가 마른 먼지를 날리며 지나간다.

봄이 지나고 막 더워지려는 어느 날, 사회 시간에 전학생이 발표를 했다. 그저께 선생님께서 숙제를 내 줬다. 우리나라 영웅 한 명을 조사해 오는 것이었는데, 그것을 발표하는 것이다.

"제가 소개할 사람은 '이에리사!'입니다."

몇몇 아이들이 전학생과 이애리를 번갈아 쳐다봤다.

"1973년 4월 10일 유고슬라비아 사라예보에서 열린 제32회 세계 탁구 선수권 대회 단체전에서 한국 여자 대표팀은 중국과 일본을 연이어 꺾고 우승을 차지했습니다. 대한민국 정부 수립 이후 구기 종목에서 처음으로 거둔 세계 대회 우승이었으며, 이에리사, 정현숙, 박미라로 구성된 대표팀은…."

아이들은 유고, 사라예보가 어디 있는 거냐며, 이에리사? 이름이 세 글자인 거냐며 속삭였다. 그러나 수철이는 입을 꾹 다물고 있었다.

전학생 녀석의 속셈을 눈치챈 아이는 수철이만이 아니었다.

"짜식! 쟤, 이애리 좋아하나 봐!"

영민이가 옆에서 혼잣말인 듯 아닌 듯 수철이한테 들리게 말했다.

"이순신, 세종대왕, 장영실…, 그 많은 위인 중에 하필 이에리사라니. 뻔한 거 아냐?"

수철이는 영민이 말을 가만히 듣고만 있었다.

'저 녀석은 어떻게 이에리사라는 스포츠 영웅이 있는 걸 알았을까?'

수철이는 궁금했다. 궁금했지만 그 녀석한테 물어보고 싶은 마음은 없었다. 전학생이 발표하는 내내 이애리 표정이 굳어 있지는 않았다. 담담해 보이기도 했고 좋아하는 것 같기도 했다. 원래 그 아이는 늘 표정이 담담했다.

정문에서 반겨 주던 개나리꽃이 노란색을 잃었다.

전학생은 발표도 잘하고 공부도 잘하는 것 같았다. 아니 잘했다. 수철이도 공부를 잘했지만, 전학생처럼 올 백 점을 맞거나 한 적은 없었다. 이애리도 발표를 똑 부러지게 하고 전학생만큼 성적이 좋은 아이였다.

"애리야, 이것 좀 가르쳐 줄래?"

"…"

교실 뒤편에 서 있던 수철이 귀에 전학생 목소리가 크게 들렸다. 전학생이 이애리에게 무엇을 물어봤고, 둘이 함께 무슨 문제를 푸는 것 같았다.

'전학 오자마자 어떻게 저렇게 금방 친해지지? 그것도 여자애들하고…'

긴 직선으로 땅에 닿을 듯 낮게 나는 제비, 비가 올 것 같다.

아침 등굣길에 내리던 비가 그치지 않아, 아이들은 점심시간을 교실에서 보냈다. 수철이가 친구들의 성향을 분석해 주는 놀이를 하고 있었다. 친구들이 종이 위에 1부터 10까지 숫자를 써서, 그것을 수철이에게 가져왔다. 그러면 수철이가 아이들이 쓴 숫자를 보고,

성향을 얘기해 줬다. 예를 들어 1이란 숫자를 위는 굵고 진하게, 아래는 가늘고 흐리게 쓰면 '시작은 좋으나 마무리를 잘 못한다.' 6은 동그란 부분을 작게 쓸수록 '외롭다는 것'이고, 8은 위의 동그라미가 아래보다 커야 '머리가 좋은 것'이며, 9의 동그란 부분을 크게 쓰면 '욕심이 많다는 것', 그리고 10의 0이 1과 크기가 같으면 '친구가 많다는 것' 등등.

오 교시 도덕 시간이 끝났을 때, 현주라는 여자애가 수철이에게 다가와서 부탁했다.

"이것도 봐줄래?"

"누구 건데?"

"그건 비밀! 그냥 숫자 보고 다른 애들처럼 얘기해 줘!"

"얘는 마무리를 잘하는 것 같고, 외로움을 많이 타고, 그리고 머리가 명석하진 않아 보이고…"

"수철아, 무슨 소리야? 얘 공부 잘해! 정말 잘하는 친구라고!"

대뜸 현주가 말했다.

"누군데 그래?"

"그, 그건 비밀이랬잖아."

얘가 처음이었다. 다른 친구들은 자기가 궁금해서 "이거 내 건데. 봐줘!" "내 것도 좀 봐줘!" 그랬는데, 필체 주인이 누군지 밝히지 않은 아이는 얘가 처음이었다.

수철이가 고개를 들고 교실을 휘 둘러봤다. 왼쪽 팔꿈치를 책상에 대고 손으로는 이마를 가리고, 책 읽는 척하는 아이가 한 명 있었다.

'이애리.'

수철이는 직감했다. 순간 그 아이와 수철이는 짧게 눈이 마주쳤다. 그리고 확신했다.

'쟤다.'

그러나 수철이는 필체의 주인이 누군지 알았음에도 모른 척했고, 처음에 누군지도 모르면서 이러쿵저러쿵 떠들었던 걸 후회했다. 또 점쟁이처럼 여러 아이에 대해 말을 늘어놓은 것도 후회했다.

수철이는 기분이 나쁘지 않았다. 아니 좋았다. 이애리가 친구를 통해 자기에게 뭔가 물어봤다는 사실이 수철이 마음을 설레게 했다. 그러나 그 기분을 드러내기는 싫어서 수철이는 '이상한 감정이다.'라고 생각했다.

그 후로도 한동안 수철이는 그 아이와 얘기하는 일은 없었다. 다만 복도에서 마주치면 고개 숙이거나, 친구랑 얘기하며 걷다가 그 아이가 지나가면 하던 이야기를 멈춘다든지. 그것은 그 아이도 마찬가지였다. 두 아이는 서로 시선을 피했다.

불어오는 짙은 아카시아 향이 박하사탕처럼 마음을 환하게 한다.

운동장으로 나가며, 수철이는 하늘에 구름이 무언가를 닮은 것 같다는 생각이 들었다. 햇빛 때문에 이마와 눈살을 찌푸리면서도 구름을 쳐다보게 됐다. 이런 날씨엔 아이들 한두 명이 어지럽다며 교실에 들어가서 쉬곤 했는데, 그것이 꾀병이라 해도 선생님은 받아

주었다. 오늘은 수철이 표정이 안 좋다.

오후 체육 시간, 준비체조를 하는 도중에 선생님께서 수철이에게 다가왔다.

"수철아, 어지럽니?"

"조금…. 아뇨, 괜찮아요."

"어디 불편하면 얘기해야 한다."

"네, 선생님."

"음…, 저기 나무 아래 가서 조금만 앉아 있다 오너라. 너 얼굴이 몹시 창백하다."

선생님은 수철이 안색을 한 번 더 살피고 나서 수철이가 그늘에서 쉬게 했다.

교실에서 운동장으로 나오는 순간부터 수철이는 이상하게 어질어질했다. 수철이는 창피했지만 고집부리지 않고 나무 아래 앉아 쉬었다. 친구들은 뜀틀 수업을 했다. 신이 난 녀석들이 있는가 하면, 여자애들 몇 명은 뜀틀을 넘기는커녕 저만치 떨어져서 구경만 했다.

'여자애들은 순 내숭쟁이다. 할 수 있으면서도 남자애들 앞에서는 안 하려 들어.'

수철이는 연필 같은 나뭇가지로 흙바닥에 여러 가지 도형을 그리며 생각했다.

여자아이 두 명이 선생님한테 가서 무슨 얘기를 하는 것 같았다. 체육 선생님의 넓은 등에 가려서 처음엔 누군지 잘 보이지 않았다. 그 아이들이 수철이가 있는 그늘로 걸어오고 있다.

'이애리', 그리고 옆에 같이 걸어오는 아이는 '현주'였다.

"애리야, 좀 쉬고 있어. 금방 괜찮아질 거야."

"현주야, 고마워."

그 아이는 수철이와 두 걸음쯤 떨어져 앉았다. 두 아이는 서먹하게 그늘에 앉아 있게 됐다. 운동장 한가운데서 들려오는 아이들 목소리는 멀리 있었다.

"운동화 밟은 거… 그때 미안했어. 3월… 첫날이었지?"

"…"

"육이란 숫자가 외로움을 말해 준다고 그랬니?"

"…"

"네 말이 맞아! 난 학교에서도 그렇고, 집에 가면 더 외로운 거 같아."

"…"

"집에 가면 겨울 같아. 춥기도 하고 쓸쓸하기도 하고…"

"도대체 무슨 얘길 하는 건데?"

줄곧 듣기만 하던 수철이 입이 자기도 모르게 떨어지고 말았다.

"너 오늘 우리 집에 나랑 같이 가 줄 수 있니?"

"어?"

"너 오늘 우리 집에 가 줄 수 있냐고."

"너, 너희 집에? 오늘?"

수철이가 놀라서 되물었다.

"그래. 오늘. 우리 집에. 나랑 같이 가 줄 수 있냐고."

"내가 왜?"

"그냥…."

"누가 보면 어쩌려고? 애들이 알면 놀릴 텐데!"

"난 오늘 선생님하고 상담해야 해서 아마 조금 늦게 집에 갈 것 같아. 그때쯤이면 아이들 모두 집에 가고 없지 않겠니? 너… 기다려 줄래?"

"너는 자전거 타고 다니는 거 같던데, 난 자전거 없어."

"아무튼 기다려 줄 수…."

"알겠어. 기다리지 뭐."

수철이는 얼떨결에 대답했다. 갑작스러운 얘기에 당황해서 어지럼 증은 이미 사라졌다. 오히려 정신이 들었다. 수철이는 그 아이와의 짧은 대화가 이상하게 낯설지 않았다. 수철이는 그간 마음속으로 그 아이 생각을 많이 해서 그런가 했다. 그 아이와 말을 주고받는 것이 분명히 처음인데, 처음 같지 않았다. 그러나 마음이 두근거리 는 것은 숨길 수 없었다. 그리고 애는 내숭쟁이가 아니었다.

'구름이 그 아이 머릿결을 닮았다. 아까 구름이 그 아이를 닮았었 구나.'

수철이는 잽싸게 뜀틀로 뛰어갔다. 종례 시간이 다가올수록 근심 같은 게 생겨나고, 어떻게 해야 할지 수철이는 고민이 되었다.

선생님의 종례도, 청소도 끝났다. 수철이는 일단 가방을 메고 영 우랑 집에 가기로 했다. 운동장을 벗어나 오십 미터쯤 집 쪽으로 갔을 때, 수철이가 멈춰 섰다.

"영우야, 나 교실에 뭘 두고 왔다. 다시 학교에 갔다 와야겠어."

"기다려 줄까?"

"아니, 오늘은 너 먼저 가라."

수철이는 다시 교실로 돌아왔다. 막 뛰어왔다. 숨을 고르며 친구들이 없는 텅 빈 교실이 낯설다, 라는 생각을 하고 있는데, 그 아이가 열려 있는 앞문으로 들어왔다. 그리고 문 앞에 멈춰 서서 말했다.

"얘! 오래 기다렸지? 미안해. 가자!"

조금 늦은 게 미안해서인지 서둘러 가자며 보챘다.

"너 자전거 탈 줄 알지?"

"어."

"네가 앞에 타! 난 뒤에 탈게."

"내가 앞에 타라고?"

수철이는 아이들이 있는지 없는지 주변을 살폈다. 뒤로 멘 가방이 그 아이를 불편하게 할까 봐 앞으로 메고 자전거 페달을 밟았다.

"어느 쪽으로 가냐?"

"어은리!"

'우리 집하고 반대쪽인데…'

수철이가 잠시 주저했다.

"허리띠 잡아도 되니?"

아까 운동장 그늘에서도 맹랑한 소리를 하더니, 더 맹랑한 말을 했다.

"어? 어!"

수철이는 또다시 얼떨결에 대답하고 말았다. 최대한 직선으로 흔들림 없이 울퉁불퉁한 길은 피해서 자전거는 달렸다.

얼마 가지 않아 그 아이가 한마디 했다.

"얘! 엉덩이가 아프다."

수철이는 짐작했다는 듯, 그리고 진작 그러지 못한 걸 후회하면서 자전거를 세웠다. 앞으로 멘 가방에서 국어 책을 꺼냈다.

"이거 깔고 앉아 볼래?"

수철이가 뒷자리에 책을 올려놓았다.

두 아이는 그렇게 자전거 한 대를 타고 갔다. 수철이는 허리띠를 잡은 그 아이의 엄지손가락이 옆구리를 건드릴 때마다 신경이 쓰였다. 십여 분 남짓 달렸다.

"잠깐만, 여기. 다 왔어. 저기가 우리 집이야."

수철이는 그 아이가 가리키는 방향으로 고개를 돌렸다. 그 아이의 집을 한 번 바라보고는, 그 아이가 깔고 앉았던 국어 책을 가방에 다시 넣었다.

"그럼, 난 집에 갈게."

수철이가 말했다.

"걸어가려고?"

"어."

"내 자전거 타고 가지 않을래? 이거 타고 가! 내일 아침에 내게 돌려주면 되잖아."

"너는 어쩌려고? 너 내일 학교 올 때 자전거 안 탈 거야?"

"난 내일 아침에 아빠랑 같이 갈 거거든."

'여기까지 자전거로도 한참인데, 걸어가려면….'

수철이는 그 아이 자전거를 타고 집에 가기로 했다.

"그럼 내일 아침에 돌려줄게."

"여기 열쇠 받아! 자!"

열쇠를 내미는 그 아이의 손이 거의 수철이 가슴에 닿을 뻔했다. 수철이가 움찔했다.

"남자아이가 왜 이렇게 놀라니?"

"놀라긴 누, 누가?"

수철이는 열쇠를 받아 호주머니에 넣었다.

"근데…, 너, 왜…. …아니다."

수철이가 중얼거리듯 말했다.

"근데, 뭐? 들리게 말해 줄래?"

"아무것도 아냐. 열쇠 내일 돌려줄게."

수철이는 그 아이에게 뭔가 물어보려다 말았다.

수철이는 자주 엉덩이를 살짝 들면서 페달을 밟았다. 그 아이가 앉는 안장에 편히 체중을 싣고 앉는 게 미안했다. 자전거 손잡이도 꼭 잡지 못했다. 그 아이가 잡았던 손잡이라 그랬다. 자전거는 학교까지만. 그리고 걸어서 집에 갔다.

얼굴에 부딪히는 바람은 시원하고 옆구리를 스치는 바람은 간지럽다.

다음 날 아침, 학교 가는 길에 수철이는 여름인데 봄 같다, 라는 생각을 했다. 여름이란 하나의 계절에 봄도 겨울도 있는 것 같았다.

수철이는 교실에 들어가기 전에, 그 아이의 자전거를 한 번 쳐다보고 들어갔다. 어제 정말 그런 일이 있었는지 믿기지 않았다. 교실의 아이들은 여름방학이 멀지 않아서 방학하면 실컷 놀 생각뿐이었다. 수철이 시선이 그 아이 자리로 향했다.

'아직 학교에 오지 않았나?'

아침 조례 시간이 되어 선생님이 들어왔고, 뒤따라서 그 아이가 들어왔다.

"애리는 선생님 옆에 잠시 서 있거라."

선생님이 말했다.

"거의 한 학기 동안 서로 정이 많이 들었을 텐데, 아쉽게 됐구나. 우리 친구, 애리가 오늘 전학을 가게 됐단다."

'어제 내게 말할 수 있었던 거 아닌가? 하긴 말해 줘야 하는 것도 아니지만….'

가장 놀라고 갑작스럽다고 느낀 아이가 수철이가 아니었을까. 수철이는 감정을 숨기고 태연한 표정을 지으려 애썼다. 여자아이들 몇몇은 이미 알고 있었던 것 같기도 했다. 여자아이들은 이애리한테 가서 무슨 이야기를 했다. 인사를 나누는 것 같았고 위로를 해 주는 것 같기도 했다.

그리고 들은 이야기가, 엄마가 계신 곳으로 가서 엄마랑 지낸단다.

그 아이가 전학을 간 그날 오후, 집에 가는 길이었다. 영민이가 전학생하고 뒤에서 얘기하는 소릴 수철이가 듣게 되었다.

"걔네 엄마랑 아빠가 작년까지는 함께 살았었대. 엄마가 춘천으로 가시고 나서 올 초부터 아빠랑만 지냈다고 하더라."

"누가 그래?"

"현주가 그러던데!"

"어쩐지…."

"왜? 어쩐지, 뭐?"

"아냐, 그런 게 있어. 잘 웃지도 않고 맨날 표정이 그랬잖아?"

영민이는 뭔가 아는 것처럼 말했다.

그 아이와 있었던 어제의 짧았던 자전거 탄 풍경과 오늘 전학 갔다는 사실이 얽혀서 수철이는 생각이 멈춘 느낌이었다. 그리고 호주머니에서 만져지는 것이 있었다.

'자전거 열쇠!'

수철이가 주머니에 있는 자전거 열쇠를 움켜쥐고 다시 학교로 뛰어갔다. 숨을 헐떡이며 운동장을 가로질러 학교 건물 뒤로 갔다.

.그 아이의 자전거가 그대로 있었다.

다시 집으로 돌아가야 하는 길. 빠앙! 빵! 버스가 경음기를 울리면서 모퉁이를 돌아 사라진다.

며칠이 지났다.

수철이가 국어 책을 책상 서랍에 넣었다가 다시 꺼냈다. 책 뒤표

지엔 움푹 들어간 긴 줄이 아직 선명했다. 신발장에서 흙 묻은 운동화를 꺼내려다 신발장 앞에 멈춰 섰다. 수철이는 앞에 놓인 운동화를 가만히 바라보기만 했다.

운동장으로 나가기 전에 그 아이가 두고 간 자전거로 다가가 안장에 쌓인 얇은 먼지를 맨손으로 닦아 냈다.

수철이는 운동화 끈을 조여 매고 운동장으로 뛰어나갔다.

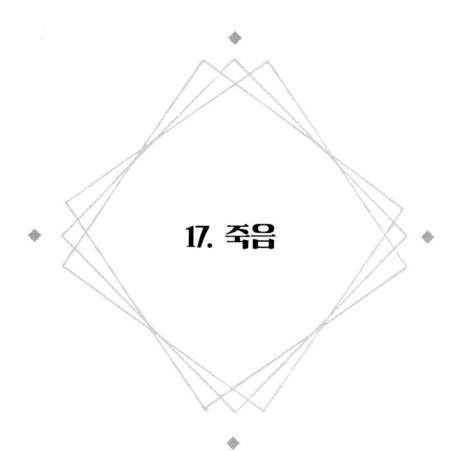

17. 죽음

'나와 비슷한 처지에 있는 사람을,
나와 비슷한 생각을 하는 사람을 만나면
행복을 느낄 수 있을까?'

!

“왜? 어디가 재밌어서 웃는 건데?”

“크크크! 히히!”

수철이의 형은 키득거리며 자꾸 웃는다.

“어디냐고? 나도 읽어 볼래! 이리 줘 봐! 혀엉, 어디가 그렇게 재밌
는 거냐니까?”

‘몇 학년 때였더라?’

수철이가 문득 책 읽기가 재미있다는 것을 알게 된 때를 생각했
다. 어릴 적부터 책을 아예 안 읽었던 건 아니지만, 독서란 걸 제대
로 하게 된 것은 그때부터였다.

수철이는 항상 밖에서 놀기에 바빴고, 형은 늘 방에서 책을 읽고
있었다. 그러던 어느 날 이따금씩 웃음소리를 내며 책을 읽는 형의
모습을 수철이는 그냥 지나칠 수 없었다.

"왜? 어디가 재밌어서 웃는 건데?"

"크크!"

"어디냐고? 여기? 여기? 이 줄?"

형의 시선이 가리키는 곳을 짚으며 동생이 물었다.

"형, 어디가 그렇게 재밌냐니까? 나도 읽어 볼래! 이리 줘 봐!"

동생의 성화에도 형은 동생을 쳐다도 안 보고 책에서 눈을 떼지 않았다. 책과 함께 웃을 뿐이었다. 수철이는 그 순간 책을 읽고 싶었고, 읽어야겠다고 생각했다. 형처럼 책장을 넘기면서 웃고 싶었다. 뭐가 그렇게 재밌는 건지 알고 싶었다. 그때부터 거들떠보지도 않던 '소년소녀 세계문학전집'을 수철이는 한 권씩 꺼내 읽기 시작했다.

'근데 요즘엔 왜 책이 슬프지? 너무 슬프다.'

『플란다스의 개』의 주인공 네로는, 그렇게 착한 네로는 파트라슈하고 성당에서 왜 얼어 죽고 마는 건지. 자기 바람대로 이야기가 흘러가지 않아서 수철이는 속상했다.

루벤스 같은 화가가 되겠다던 아이. 가난해도 꿈과 희망이 컸던, 마음이 따듯한 네로. 마지막 대여섯 페이지를 읽을 때, 수철이 눈에서 계속 눈물이 뚝뚝 떨어졌다.

지난달에 읽은 『톰 아저씨의 오두막』도 비슷했다. 주인집 딸 에바와 언제까지나 행복하게 지내면 좋을 텐데, 왜 마음씨 착한 톰 아저씨한테 슬픈 일이 계속 벌어지는 걸까. 못된 주인한테 학대받고, 결국 살아서 돌아오지 못한 톰 아저씨가 불쌍해서 수철이는 또 울었다.

재밌다가 슬퍼지는 것이 책이라고, 수철이는 요즘에 부쩍 그런 생각이 들었다.

수철이가 책장 앞에 섰다. 오늘 읽을 새 책을 고르려고 한다. 최근 책에 대한 자신의 생각에서 벗어나고 싶은 수철이의 마음이 그의 손길을 책장 중간에 있는 위인전으로 이끌었다.

'꾸며낸 이야기가 아니니까, 이건 슬프지 않겠지.'

『링컨』.

지금은 위인전을 읽고 있다. 링컨이란 사람의 이야기 속으로 수철이 마음이 빨려 들어간다. 훌륭하다. 재밌다.

'링컨!'

오늘이면 다 읽을 수 있을 것 같다. 저녁을 먹고 수철이는 또 한 줄 한 줄 읽었다.

숯으로 삽에 글을 쓰며 공부하던 아이, 거의 두 시간을 걸어서 학교에 다녔던 아이, 마을에 있는 책을 읽으려고 심부름도 하고 수 킬로미터를 걸어갔던 아이, 게티즈버그 연설, 대통령이 된 사람, 노예 해방을 이룬 대통령, 올바른 생각과 행동으로 인간에 대한 사랑을 실천한 링컨…

…링컨은 아내와 포드 극장에서 연극을 관람한다. 연극이 시작된 지 한 시간가량 지났을 무렵, 한 사나이가 링컨의 등 뒤로 다가간다.

탕! 탕!

총성이 극장 안을 갈랐다.

"대통령이 저격당했다!"

총탄이 링컨 대통령의 뒷머리에 깊이 박혔다. 맞은편 페터슨하우스 이 층 침실로 옮겨졌다.

침대에 누운 링컨의 머리에서 피가 멈추지 않는다. 베고 있던 베개가 붉은 피로 흥건하다.

이튿날 1865년 4월 15일 아침, 결국 숨을 거뒀다. 그의 나이 쉰여섯.

…그의 위대한 업적과 자유 정신과 영혼, 인간애는 세상 사람들의 가슴에 영원히 남을 것이다.

숨 가쁘게 마지막 페이지까지 달려왔다.

'근데…, 그 위대한 사람이 암살당하다니!'

수철이는 그날 밤 베개를 적시며 눈물을 흘렸다. 침대에 누워 죽어 가는 링컨의 마지막 모습이 바로 눈앞에서 수 분 전에 일어난 일처럼 생생히 그려졌다. 수철이는 새벽까지 잠을 이루지 못했다.

죽음에 대한 공포가 일었고, 그 공포는 한밤중이라 더 했다.

'너무도 훌륭해서 죽으면 안 될 것 같은 위인이 허망하게 죽다니, 이렇게 위대한 사람도 죽는데, 훌륭하지도 않고 업적도 없는 사람은…, 나는… 나도 언젠가는 죽겠지….'

소리 없이 눈물을 닦아 내던 수철이는 어느 순간 눈물이 그쳐 버렸다. 죽음의 공포 때문이었다. 슬픔이 공포로 바뀌는 순간 더 이상 눈물은 나오지 않았다. 수철이는 행복하지 않았다.

새벽 몇 시쯤에 잠들었는지 수철이는 기억나지 않았다. 잠에서

덜 깬 어렴풋한 상태로 밥상머리에 앉았다.

"수철아, 반찬이랑 해서 골고루 먹어야지."

엄마가 말했다.

"…."

"밥 한 공기를 못 먹니? 그것도 조금밖에 안 떴는데 남기지 말고 먹어야지!"

밥을 먹는 둥 마는 둥 하는 수철이를 보고 엄마가 나무랐다. 수철이는 아침밥을 반 공기나 남기고 학교에 갔다.

점심시간이 되어서도 수철이는 도시락을 먹지 않았다. 아이들은 모두 햇살이 쨍쨍한 운동장에서 놀이를 했다.

"수철아, 공 차자! 내려와! 한 명이 부족하다구!"

같은 반 친구 태민이가 말했다.

계단에 앉아 있던 수철이는 멍하니 태민이를 바라만 봤다.

"태민아! 공 좀 차 줘!"

운동장 한가운데 있던 준영이가 태민이를 불렀다. 태민이는 운동장으로 사라졌다.

"야! 수철아, 뭐 해? 저기서 말뚝박기할 거니까 어서 그리로 와!"

이번엔 성용이가 재촉했다.

"성용아, 잠깐만!"

"왜?"

"너는 뭐가 그렇게 재밌고 즐겁냐?"

"…"

성용이가 어리둥절한 표정을 지었다.

"뭐가 그렇게 좋아서 신이 나냐고! 야! 너 어차피 죽을 건데! 사람들은 다 죽는다고!"

"뭐가? 죽긴 누가 죽어? 뭔 소리야? 얼른 말뚝박기하는 데로 와라!"

성용이는 수철이에게 짜증을 내며 소리쳐 말하고 돌아섰다. 수철이는 강당 앞 계단에 앉아서 정신없이 뛰노는 친구들을 바라보고만 있었다.

"수철아! 뭐 하냐고? 한 명 부족하다니까!"

태민이가 다시 소리 질렀다.

"넌 죽는 게 두렵지 않냐? 무섭지 않냐고?"

"뭐? 죽다니? 무슨 헛소리야? 짜식, 이상하게 왜 그래?"

'어차피 죽을 텐데 뭐가 그렇게 재밌고 즐거운 건지…. 언제 죽을지도 모르는데…, 웃음이 나오나. 저렇게 뛰놀고 싶을까?'

쨍쨍한 햇살 아래서 수철이는 우울했다. 자기와 비슷한 생각을 하는 친구가 있으면 좋겠는데, 없었다. 그래서 더 외톨이가 된 것 같았다. 수철이는 행복하지 않았다.

'나와 비슷한 처지에 있는 사람을, 나와 비슷한 생각을 하는 사람을 만나면 괜찮아질까?'

수철이는 자기처럼 죽음에 대한 공포를 생각하고 우울해하는 친구를 만나면, 괜찮아질 것 같다, 라는 생각을 했다.

며칠을 수철이는 혼자 우울하게 지냈다. 그러다 다행히 자기와 비슷한 처지에 있는 친구를 만나게 되었다.

'호랑이 선생님!'[1]

아이들은 밖에서 뛰어놀다가도 〈호랑이 선생님〉이란 일일드라마가 방영될 시간이면 집으로 달려가곤 했다. 수철이도 그랬다. 저녁을 먹으며 수철이는 〈호랑이 선생님〉을 보고 있었다.

오 학년 남자아이가 죽음의 공포에 휩싸여 말수가 줄고 우울해하는 이야기. 그러나 친구들은 평소와 다른 그 아이의 태도를 의아해하고 이해하지 못하는 상황.

'저 아이도 그렇구나. 나만 그런 게 아니구나.'

텔레비전에서 수철이는 자기와 같은 처지에 있는 친구를 만났다. 그리고 특별한 감정이 느껴졌다. 수철이는 그것이 행복이란 걸 알 수 있었다. 비슷한 처지에 있는 사람을 만나면, 행복해진다는 걸 수철이는 그때 알게 되었다. 수철이는 안도했다. 그러나 수철이는 아직 예전처럼 지낼 수가 없었다. 무엇에 이끌렸는지, 수철이는 다시 링컨을 만나보기로 했다.

책꽂이에 세로로 '링컨'이라고 쓰인 책등이 보이지 않게, 지난번에 반대로 꽂아 두었던 『링컨』을 다시 꺼냈다. 한 페이지, 한 페이지 책장을 넘겼다.

---

1) 〈호랑이 선생님〉: 1981년 1기를 시작으로 1987년 3기까지 국민학교 5학년 5반 주인공들의 성장기를 그린 MBC 일일드라마

켄터키주에서 가난한 개척자의 아들로 태어나 농사일을 돕느라 학교를 빠지는 날이 많았다.

집안일을 도우면서도 절대로 책을 놓지 않았고 선원, 일용직 노동자, 잡화점 판매원 등 온갖 직업을 전전했다.

스물여덟 살 때 변호사 시험에 합격했다.

가난한 사람들 편에 서서 아무리 큰돈을 준다 해도 자기 신념에 맞지 않는 일은 하지 않았다.

주 의원과 하원 의원을 거쳐 마침내 미국 대통령이 된다.

국민의, 국민에 의한, 국민을 위한 정부…. 국민은 국가의 단순한 지배 대상이 아니라, 국가를 구성하고 직접 운영하는 주체다.

링컨은 미국에서 가장 사랑받고 존경받는 대통령이 된다.

거기까지. 마지막 장면은 읽지 않았다. 책을 덮으며 수철이는 생각했다.

'훌륭하게 살면… 훌륭한 업적을 남기면… 죽음이 두렵지 않을지 몰라. 호랑이는 죽어서 가죽을 남기고 사람은 죽어서 이름을 남긴다. 나도 이름을 남길 수 있다면, 내가 링컨을 만나듯이 사람들이 나를 만나게 되겠지. 그렇게 되면 슬프지 않을 거야. 죽음도 두렵지 않게 될 거야. 또 죽어서도 외롭지 않을 거야. 사람들 마음속에서 다시 살아날 테니까.'

수철이는 링컨도 고맙고 조그만 자기 머릿속에 문득 떠오른 좋은 생각도 감사했다.

책 한 권을 꺼내어 펼치면 이야기들이 하늘에 그려졌다. 책장 앞에서 수철이가 책들을 바라봤다. 책 제목만 봐도 수철이는 기분이 좋아진다.

'더 이상 책이 슬프지 않다!'

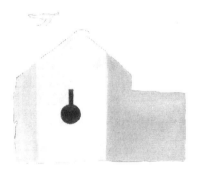

18. 고추장

고추장 반찬 때문에 인기를 누리는 동철이를 생각하면
수철이는 꼭 행복하거나 흐뭇하지만은 않은 것 같다.

“저 아저씨 또 뛴다!”

등굣길에 뜀박질하는 아저씨를 보고 수철이가 말했다.

저 아저씨는 버스만 지나가면 버스를 따라잡을 듯이 뛴다. 아저씨는 수염도 머리도 다 덥수룩하다. 얼굴은 아주 까매서 아저씨가 입은 까만 옷 색깔과 구분이 안 된다. 옷이 없는 걸까. 사계절 똑같은 옷만 입는 것 같다.

아저씨가 하는 일은 딱 두 가지다. 길바닥에 떨어진 담배꽁초를 주워서 연기를 뿜어 대거나, 버스가 지나가면 버스를 쫓아 괴성을 지르며 달리는 것이 그 아저씨가 하는 일이다.

요즘 등굣길이나 하굣길에 아이들이 꼭 한 번은 만나게 되는 아저씨. 그래서 친숙했지만, 그 아저씨에게 가까이 다가가는 아이는 없었다. 아저씨도 담배꽁초와 버스 이외에는 관심이 없다.

따릉! 따릉!

경박하게 울리는 짤막한 종소리가 수업이 끝났음을 알렸다.

점심시간이었다. 도시락을 꺼내고 반찬 그릇을 열자 교실은 거의 전쟁터가 되었다. "와아!" 하는 함성과 책상 위를 뛰어다니는 아이들의 민첩함에 맛있는 반찬은 그대로 바닥을 드러냈다.

오늘도 그 아이가 고추장을 싸 와서 여러 친구가 매콤하게 밥을 먹을 수 있었다. 언제나 아이들의 인기를 독차지하는 반찬이 '고추장'이었다. 찬밥에 고추장을 얹어 대충 비벼 먹어도 참 맛있다. 여자아이 중에서도 조금만 달라는 아이가 있었으니까, 고놈의 인기는 두말하면 입 아프다. 그런데 아무리 아이들이 좋아한다 해도 매일 고추장 반찬을 싸 오는 건 소년의 자존심에 상처가 될 수도 있는 일이 아닐까. 가정 형편을 의심받는다든가. 엄마의 존재를 의심받는다든가.

아무튼, 그렇게 한 아이의 고추장은 친구들 모두의 사랑을 받았다.

어수선하고 시끌벅적한, 아이들이 가장 좋아하는 점심시간이 끝났다. 오 교시 시작을 알리는 종소리와 함께 육 학년 아이들은 모두 운동장으로 나갔다. 오늘은 종일 체력 검사가 이어졌다.

제자리멀리뛰기, 턱걸이, 윗몸일으키기 등은 끝마쳤고, 오후엔 육학년 아이들 열 명씩 오래달리기를 했다. 수철이는 일 조에서 뛰었는데 최고 기록을 내야겠다는 의지도, 완주하겠다는 마음도 없었다. 한 바퀴를 돌고 조금 더 뛰었을 때쯤 속이 부글부글하더니 방귀가 나왔다.

수철이가 왜 그런 엉뚱한 생각을 했는지는 하느님만이 알 것이다. 방귀를 추진력 삼아 마치 로켓처럼 전력 질주를 해 보면 어떨까 하는 생각을 했다. 한 바퀴 정도 '에라 모르겠다!' 하며 전력을 다해 뛰었다. 달리는 모습이 육상 선수의 그것과 다르지 않았다. 상당히 경쾌했다. 서너 명을 순식간에 제치고 선두로 나섰다.

그러고는 원래 완주할 생각이 없었던지라 풀썩 주저앉아 기권해 버렸다. 그때 선두를 달리며 스피드가 굉장히 탁월했던 수철이의 모습이 세 바퀴째에는 보이지 않자, 체육 선생님은 수철이를 찾았다. 녀석이 기권했음을 아는 순간, 선생님은 얼마나 허망한 표정을 짓던지. 입 모양으로 봐선….

'저런, 썩을 놈!' 하는 것 같았다. 보기 드문 달리기 유망주라도 발굴한 듯, 짧은 시간이나마 몹시 흥분했던 모양이다.

마지막 조가 스타트라인에 섰다. 거기에는 학교 대표로 시·도 대회에 참가했던 육상부 아이들이 서너 명 끼어 있었다.

"형석아, 누가 일등 할 것 같냐?"

수철이가 형석이에게 먼저 말을 걸었다.

"글쎄, 난 희준이가 제일 빠를 것 같다."

"너는?"

"난 동철이! 희준이는 단거리 대표 아니냐? 천 미터 달리기는 동철이가 최고야."

"동철이가 호리호리해서…. 그래도 난 희준이!"

"난 미친 아저씨!"

낄낄대며 수철이와 형석이의 대화에 영민이가 끼어들었다.

"그 아저씨는 올림픽 마라톤에 나가도 될걸! 큭큭!"

영민이가 갑자기 아저씨를 끌어들였다.

"웃기는 소리 하지 마라. 여기서 왜 그 아저씨가 나오냐?"

"얘들아, 쟤네들 이제 뛸 거 같애!"

출발선에 선 아이들 표정에는 서로에 대한 경쟁심과 우월감 같은 것이 드러나 있었다.

"준비!"

그리고 체육 선생님의 휘슬이 울렸다. 역시 무슨 대표를 뽑는 결승전이라도 되는 양, 마지막 조 아이들은 진지했다. 지켜보는 아이들에겐 흥미진진한 광경이었다. 재잘대던 아이들이 숨죽였다.

마지막 바퀴를 돌고 달리기가 끝났을 때, 한 명이 쓰러졌다. 운동장 조회 때도 종종 벌어지는 일이어서, 처음엔 아이들이 일상적인 반응을 보였다. 그러려니 했다.

"선생님! 얘, 얘가 못 일어나요!"

근데 어떤 여자아이가 선생님을 불렀다. 사실, 아까 쓰러지는 모양새가 이상했다. 좀 심각해 보였다. 손을 짚지도 않고 앞으로 푹! 얼굴이나 치아를 다쳤을 수 있었다.

몇몇 여자아이들이 놀라서 몰려들었고 선생님이 가까운 벤치로 옮겨 눕혔다.

"최동철!"

동철이는 오 학년 때부터 학교 육상 대표였다. 매번 고추장 반찬을 싸 오면서도 다행히 의기양양하게 반찬 그릇을 펼치던 아이였다.

오 분쯤 지났을까. 고개를 들고 일어나긴 했지만, 이번엔 동철이 코에서 코피가 흘렀다.

생각 없는 몇몇 친구들은 깔깔대며 동철이를 놀리기도 했다.

유난히 볼과 코끝이 빠알간 동철이. 빈혈이 있는 걸까. 아니면 영양 부족.

체력 검사는 모두 끝이 났다.

"형석아, 종례 시간에 동철이 못 봤지?"

"동철이? 동철이 양호실에 갔잖아!"

"운동장에서 교실로 들어갈 때, 걔 괜찮지 않았냐?"

"글쎄, 잘 모르겠다. 뭐, 양호실에 갔다가 집에 갔겠지."

집으로 가며 수철이와 형석이는 동철이 얘기를 했다.

버스가 지나갔다.

"수철아, 저기 저 아저씨!"

수철이와 형석이 뒤에서 걸어오던 영민이가 아저씨를 가리키며 말했다. 아저씨는 맨날 꽁초 담배 피워 대면서 달리기는 무척 빨랐다.

"저 아저씨, 버스만 지나가면 왜 저렇게 뛰어 대는지 모르겠어. 니들, 저 아저씨 왜 그러는지 아냐?"

수철이가 영민이와 형석이에게 물었다.

"몰라."

"그럼, 저 아저씨 어디 사시냐?"

"그걸 내가 어떻게 아냐? 그냥 미친 아저씨잖아! 딱 보면 몰라?"

"니 생각엔, 나이는 몇이나 되어 보이냐?"

"에이, 모른다고! 어떻게 알아?"

저녁밥을 먹으며 수철이는 학교에서 있었던 일을 부모님과 형에게 했다.

"제가 오늘, 오래달리기 하는데요. 갑자기 방귀가 나와서…"

부모님과 형이 얼마나 웃던지. 형은 숟가락을 놓고 정말 배꼽이 빠질 듯 웃었다. 나중에 잠자기 전에도 형은 진짜로 그랬냐며 어떻게 그런 생각을 했냐며 또 물어보고 웃었다.

"아빠, 저기, 버스만 지나가면 뜀박질하는 아저씨 있잖아요?"

"허허! 그래. 그 사람, 사랑리 사는 사람이지 아마."

"아빠, 그 아저씨 아세요?"

"아빠도 잘 모른다. 사랑리 살고…, 여하튼 담배꽁초만 보면 주워서 피잖니?"

"그 아저씨 왜 그러는 거예요?"

"뭐가?"

"버스만 지나가면 소리 지르면서 버스 쫓아가는 거요?"

"글쎄, 아빠도 잘 모르겠지만, 그냥 정신이 오락가락하는 사람 같지는 않고…, 사연이 있지 않겠니?"

"…"

"수철아, 사람들에게는 모두 사연이 있는 거란다. 요 전날 네 친구

들이 그 아저씨를 두고 '미친 사람'이라 부르고 욕하는 것을 들었단
다. 아무리 이상한 행동이라도 그 뒤엔 배경이나 이유가 있는 법이
라고 아빠는 생각해. 그러니 친구들이 그 아저씨한테 '바보'다 '미친
사람'이다 해도, 넌 그런 말 하면 못쓴다."

"네."

수철이는 솔직히 아빠 말이 잘 이해되지 않았다.

잠자려고 수철이가 이불 덮고 누웠다. 오늘 있었던 일들이 눈앞
에 아른거렸다.

유난히 볼과 코끝이 빠알간 동철이.

소시지만큼은 아니어도 고추장 반찬 때문에 인기를 누리는 동철이
를 생각하면 수철이는 꼭 행복하거나 흐뭇하지만은 않은 것 같았다.

'맨 날 왜 고추장만 싸 오는 걸까?'

작년부터 같은 반이었었는데도 수철이는 동철이와 별로 얘기한
적도 없고 그 친구에 대해 아는 것도 많지 않았다.

'그 아저씨는 정말 미친 걸까? 왜 버스를 쫓아 뛰어가는 거지? 담
배는 왜 그렇게 피워 대는 건지? 기르던 강아지가 버스에 치였을 수
도 있겠다. 누가 아저씨를 잘 보살펴 주어서, 아저씨가 마라톤 훈련
을 제대로 받을 수만 있다면, 국가 대표급 마라토너가 될 수도 있지
않을까?'

수철이는 한동안 이불 속에서 몸을 뒤척이며, 동철이와 아저씨 생
각을 왔다 갔다 했다.

동철이가 내일도 고추장 싸 오려나.

아저씨가 운동화를 신었었나. 구두였나. 어떤 거였지.

수철이는 얼굴까지 이불을 당겨 덮었다.

19. 웃음 실은
자전거

"하하하! 하하하하!"
자전거 탄 동민이의 웃음소리는
"하하하! 하하하하!"
그 글자와 똑같았다.

!

,,

추석이 지난 지 꽤 되었다. 수철이는 자전거를 타지 못하고 있다.

지난 추석 수철이 가족 모두가 외갓집에 갔을 때의 일이었다.

모두가 방 안에 있을 때 수철이는 혼자 방에서 나와 뒤뜰을 거닐었다. 그리고 외갓집 구석구석을 살피다가 창고에서 어두운 갈색 물건들과는 구별되는, 은빛 자전거를 발견했다. 사이클이었다. 수철이가 타기에는 많이 커 보였다. 외삼촌이 타는 자전거였다. 선수용 사이클 같았다. 손잡이가 안으로 말려 있는 자전거를 끌고 수철이는 밖으로 나갔다.

수철이네 외갓집은 언덕 위에 있었다. 언덕 위에서 밑으로 내려가는 길은 나무로 빽빽이 우거졌고 길옆에는 작은 시냇물이 흘렀다. 수철이는 자전거를 타고 내리막길을 달렸다.

몇 초가 지났을까.

'아뿔싸!'

가속도가 붙어 버린 자전거를 수철이는 멈출 수 없었다.

'브레이크가 안 들어! 작동이 안 돼!'

이미 자전거는 무섭게 속도가 붙었다. 자전거가 미쳤다. 수철이는 말문이 막혔다. 그 짧은 시간에 서너 가지 생각과 감정들이 한꺼번에 머릿속을 휘저었다. 죽을지 모른다는 생각도 있었다. 진짜 무섭고 두려웠다. 저 아래, 내리막길 바로 오른쪽에 구멍가게가 있고 가게 앞에는 아저씨들이 서성이고 있었다. 구멍가게를 지나치면 자동차와 경운기가 다니는 도로와 교차했다. 엄청난 속도로 내려가던 수철이는 가까스로 아저씨들을 피했다. 아무하고도 부딪치지 않아 천만다행이었다. 이제 무사히 도로를 건널 수만 있으면 된다. 반대의 경우라면 확실히 저세상으로 간다.

'됐다!'

수철이는 무사히 도로를 가로질렀다. 그 순간 자동차, 트럭, 경운기가 지나가지 않은 것은 천운이었다. 그리고 줄지 않은 속도 그대로 미친 자전거는 논둑을 따라 오륙 미터 가다가 황금물결 위로. 수철이는 자전거와 함께 몸이 던져졌다. 아직 추수하지 않은 누렇게 익은 벼 이삭의 물결 덕분에 수철이는 다치지 않았다. 흙조차 묻지 않았다. 오른쪽 무릎 안쪽이 자전거 페달에 부딪쳤지만 피가 나진 않았다.

"자전거 한번 아주 잘 탄다!"

"기가 막히게 자전거를 타네! 허허허!"

"다치지 않았어? 허허허!"

자전거를 일으켜 세워, 논 밖으로 끌고 나오는 소년을 보고 구멍가게 앞에 있던 아저씨들이 껄껄 웃으며 말했다. 브레이크가 고장나서 하마터면 큰일 날 뻔했다는 사실을 아저씨들이 어찌 알까. 수철이가 가졌을 공포감을 알 리 없었다.

그 일 이후 수철이는 자전거를 타지 않았다. 아니 타지 못했다. 가능하면 자전거는 쳐다도 안 보려 했다.

"형! 어디 가려고?"

수철이의 형이 자전거를 끌고 밖으로 나갔다. 어쩔 수 없이 자전거에 눈길이 가고 말았다.

"우리 반에 며칠째 학교에 안 오는 친구가 있어서, 친구들하고 같이 가 보려고."

"학교 안 오는 형한테?"

"어."

'우리 반에도 결석하는 친구가 있는데…'

수철이네 반에도 결석생이 한 명 있었지만, 수철이는 별생각을 하고 있지는 않았다. 그날 수철이의 형이 조금 늦게 귀가했고, 저녁 밥상 앞에는 궁금한 것들이 많았다.

"친구네 집엔 잘 다녀왔니?"

아빠가 수철이의 형에게 물었다.

"네."

"학교에는 왜 못 왔다니?"

엄마가 물었다.

"엄마는 안 계시고…, 할머니가 편찮으시대요. 동수는 학교를 계속 다닐 수 있을지 잘 모르겠대요."

"아빠는?"

"아빠는 계시다는데 뵙지는 못했어요."

"근데, 왜…."

"수철아, 참 너 동철이 아냐?"

형이 엄마의 말이 끝나기 전에 수철이에게 물었다.

"어. 우리 반인데! 걔도 어제, 오늘 이틀이나 학교 안 왔어."

"형 친구가 동수고 둘째가 동철이, 동철이는 너랑 같은 학년이고, 셋째가 동민이라고 하는데 동민이는 장애가 있다더라."

다음 날 아침 등교하자마자 수철이는 어제저녁부터 생각했던 얘기를 친구들에게 했다. 만약에 오늘도 동철이가 결석하면, 수철이는 어제 형과 형 친구들이 그랬던 것처럼 친구네 집에 갈 생각이었다.

동철이는 학교에 오지 않았다.

오늘까지 삼 일째 결석이다.

동철이와 같은 동네, 사랑리에 사는 기정이와 함께 수철이는 동철이한테 가기로 했다. 그리고 형석이도 동참했다. 기정이와 형석이는 자전거를 타고 갔다. 수철이는 형석이 자전거 뒤에 앉아서 갔다. 수철이는 여전히 자전거 타는 걸 꺼리고 있었다.

"기정아, 동철이네 집에 가 본 적 있냐? 동철이하고 종종 놀고 그러냐?"

수철이가 물었다.

"아니. 걔네 집이 마을에서 좀 외진 곳에 있어. 마을에서 동철이 못 보겠더라."

"…"

"얘들아! 저기 위에 있는 집이 동철이네야."

기정이가 자전거에서 내려 언덕 위를 가리켰다. 학교에서부터 동철이네 집까지 자전거로 십오 분 정도 걸린 것 같았다. 언덕길이라 기정이와 형석이는 자전거를 끌고 올라가야 했다.

"여기야. 여기가 동철이네 집이야."

기정이가 말했다. 집 앞에는 작은 텃밭이 있었다.

"동철아!"

"동철아! 나 형석이야!"

"…"

방문을 열고 동철이가 나왔다. 동철이 뒤에는 얼굴이 새하얀 아이가 있었다. 그 아이는 일어서지 못하고 쪼그려 앉아 있었다. 보이지 않았지만, 그 아이의 다리는 아주 가늘 거라는 걸 짐작할 수 있었다. 동철이가 방 밖으로 나오자, 그 아이는 두 손으로 바닥을 짚고 몸을 옮겨 동철이를 따라 마루로 나왔다. 얼굴이 새하얀 아이는 무릎을 펴지 못했다.

"얘는 내 동생."

동철이가 친구들 눈치를 살피며 말했다. 동생은 미소 지었다. 그리고 방 안에서 목소리가 들렸다.

"밖에 누가 왔니?"

동철이 할머니였다.

"제 친구들이 좀 왔어요."

동철이가 말했다.

"동철이 친구들이 왔구나. 참 착하기도 하지…. 어서들 오거라."

할머니가 방문을 열고 나왔다. 할머니는 한쪽 다리를 쩔뚝였다. 몹시 불편해 보였다. 그럼에도 할머니는 미소 지었다. 동철이 친구들을 반겨 주며 친구들에게 이것저것 물어보고 이런저런 얘기도 해 주었다. 수철이, 기정이, 형석이 모두 할머니의 한 마디 한 마디에 고개를 끄덕였다. 할머니 말이 끝날 때마다, "네, 네." 하며 꼬박꼬박 대답도 잘했다.

"동철아, 텃밭에서 상추하고 고추 좀 따오겠니?"

할머니 말을 듣고 동철이는 대문 옆 텃밭으로 갔다. 수철이와 기정이 형석이도 동철이를 따라나섰다. 금방 아이들은 이만큼 상추와 고추를 따왔다. 동철이는 상추와 고추를 마당에 있는 대야에 놓고 수도꼭지를 틀었다. 상추와 고추를 씻었다. 그 모습이 꽤 익숙해 보였다.

할머니는 저녁을 차려 주었다. 수철이와 친구들은 저녁을 먹을 생각도 안 했고, 또 할머니가 저녁을 차리는 줄도 몰랐다.

"어제는 큰애 친구들이 왔었단다. 아무것도 해 주지 못했지. 저녁

밥도 먹이지 못하고 보냈는걸!"

"…."

"차린 건 없지만, 상추쌈 해서 먹어 보렴."

"맛있게 먹겠습니다!"

"감사히 먹겠습니다!"

조그만 상에 다섯 명의 아이들이 둘러앉았다. 할머니는 자신의 한쪽 무릎을 어루만지면서 흐뭇하게 아이들을 바라봤다. 밥상 위에는 김치찌개하고 멸치볶음, 상추와 풋고추, 하얀 쌀밥, 그리고 친근한 고추장이 있었다. 소쿠리에 수북이 쌓인 상추와 고추 덕분에 밥상이 푸짐해 보였다.

수철이는 먼저 김치찌개 국물을 한 숟가락 떠서 맛을 봤다. 솔직히 자기 입맛에 맞지는 않았다. 그러나 집에서는 반찬 투정도 밥을 남기는 것도 다 괜찮지만, 이웃집에 가서는 절대로 그러면 안 된다는, 입에 맞지 않더라도 뭐든지 더 맛있게 먹어야 한다는 엄마의 말을 수철이는 기억하고 있었다. 그래서 더 맛있게 먹으려 했다.

동철이는 상추에 따끈한 밥과 고추장을 얹어서 먹었다. 동철이는 입 안 가득 쌈을 싸서 먹었다. 참 먹음직스럽게 먹었다. 동철이의 볼이 도토리를 잔뜩 넣어 볼록해진 다람쥐 같았다. 수철이는 동철이를 따라 했다. 상추에 따끈한 밥과 고추장을 넉넉히 얹어서 먹었다. 계속 그렇게만 먹는데도 맛있었다. 수철이는 엄마의 말 때문이 아니라 정말 맛있어서 밥 한 공기를 더 먹었다. 아이들 모두 동철이처럼 참 맛있게 먹었다. 동철이네 고추장은 참 특별했다.

"동철아, 내일부터는 학교에 가거라. 빠지지 말고 열심히 다녀야지!"

할머니가 말했다.

"그래. 동철아, 학교 와라."

형석이가 말했다.

"동철아, 나랑 같이 학교 가지 않을래? 아침에 내가 여기로 올게."

이번엔 기정이가 말했다.

"동철아, 니 동생 이름이 동민이지?"

"응. 수철아, 니가 그걸 어떻게 아냐?"

"헤헤! 다 아는 수가 있지."

동철이 기분이 조금 좋아진 것 같았다. 동철이와 친구들이 얘기를 나누는 사이 동민이는 대문 밖에 세워 둔 자전거 옆에까지 갔다. 동민이는 거기 있었다.

"동민이는 어려서부터 걷지 못했어. 혼자서 일어나질 못해."

친구들이 묻지 않았는데 동철이가 먼저 말했다. 동민이는 밖에서도 두 손으로 땅을 짚고 다녔다. 동민이에게는 두 손이 발이었다. 동민이는 학교 갈 나이가 많이 지난 것 같았다. 장애가 있어서 학교에 가지 못하고 할머니랑 집에서만 지내는 것 같았다.

"동민아! 너 자전거 타고 싶구나? 그치?"

"…"

수철이의 물음에 동민이가 새하얀 얼굴로 미소 지었다.

"…자전거 타고 싶어요. 되게 시원할 것 같아요. 자전거 타면 기분이 좋아질 것 같아요."

동민이가 말했다. 목소리가 되게 예쁘고 맑았다.

그때, 까만 옷을 입고 수염이 덥수룩한 아저씨가 불쑥 들어와서 마루에 앉았다. 마치 자기 집인 양 자연스럽게. 그래서 아무도 눈치채지 못했다. 할머니 말이 있기 전까지는 그 아저씨가 들어온 걸 알지 못했다.

"애비 왔나?"

할머니가 말했다.

동철이를 빼고 아이들의 시선이 아저씨에게 집중됐다. 그 아저씨는 잠시 마루에 걸터앉아 멀리 하늘만 바라보았다. 아저씨가 갑자기 벌떡 일어섰다. 수도꼭지를 틀어 벌컥벌컥 수돗물을 마셨다. 그리고 다시 밖으로 나갔다.

"오 년 전에 애들 엄마가 집 나가고…, 그때부터 마음에 병이 생겨서 사람 노릇 못 하고 저러고 있으니… 쯧쯧!"

할머니가 긴 한숨을 내쉬면서 슬프고 답답한 푸념을 했다. 사실, 수철이와 친구들은 그 아저씨를 보는 순간 너무 놀라서 서로의 얼굴만 쳐다보고 있었다. 동철이 아빠는 수철이와 친구들이 '미친 아저씨'라 부르는, 담배꽁초 주워서 피우거나 버스만 지나가면 미친 듯이 버스를 쫓아 뛰어가는 바로 그 아저씨였다. 아이들이 그 아저씨를 지금처럼 가까이서 본 건 처음이었다.

"맞아. 우리 아빠야."

이번에도 동철이가 먼저 말했다.

"근데…, 수철아, 기정아, 형석아! 비밀로 해 줄래! 그냥 비밀로 해 줘. 다른 친구들이 아는 거 싫거든."

동철이는 친구들은 쳐다보지도 않고 말을 툭툭 던졌다.

"…"

바로 대답하지 못했지만, 수철이와 친구들은 당연히 그래야 한다고 생각했다.

"걱정 마! 우리가 그런 걸 뭐 하러 말하겠냐? 대신 내일부터 너 학교에 오는 거다!"

"…"

"빨리 대답해라!"

기정이가 말했다.

"알았어."

"이제 조금 웃는구나. 짜식!"

"우리 그만 집에 가자!"

형석이가 말했다.

"할머니, 저희 갈게요. 안녕히 계세요."

"벌써 가려고? 왜 그렇게 서둘러 가니? 더 놀다 가지 않고?"

할머니가 말했다.

"엄마가 찾을 거 같아서요."

형석이가 말했다. 기정이와 수철이도 고개를 끄덕였다.

"안녕히 계세요."

"할머니, 안녕히 계세요."

수철이와 친구들은 동철이의 웃는 모습을 보고 할머니에게 인사했다.

아까부터 동민이는 기정이 자전거 옆에서 자전거를 만지고 있었다. 기정이가 동민이한테 뭐라 말은 못 하고 뻘쭘하게 자전거 앞에 섰다. 기정이가 온 것을 알고서야 동민이가 자전거에서 조금 떨어졌다. 기정이도 형석이도 자전거에 몸을 실었다. 수철이는 형석이 자전거 뒤에 앉았다.

자전거를 타고 집에 오는데, 동민이 말처럼 수철이는 시원함이 느껴졌다. 자전거 뒤에 앉으니까, 주변 경치를 편안하게 즐길 수 있었다. 집에 와서 수철이는 계속 동철이와 동철이 동생 동민이 그리고 걔네 아빠를 생각했다. 수철이는 동민이를 조금 더 생각하는 것 같았다. 동민이를 생각하며 수철이는 자전거를 바라봤다.

다음 날 동철이는 결석하지 않았다. 삼 일을 결석했는데 전혀 결석한 적 없던 것처럼 동철이는 하루를 지냈다. 수철이는 그날 자전거 손잡이를 잡았다. 집에 오자마자 지난 추석 이후로 타지 않았던, 아니 타지 못했던 자전거를 탔다. 힘껏 자전거 페달을 밟으며 수철이는 어딘가로 갔다.

"동민아!"

"…"

"할머니 안녕하세요."

"어제 왔던 동철이 친구로구나!"

할머니가 방문을 열며 말했다.

"네, 할머니."

"동철이는 아직 학교서 안 왔는데, 어쩌지?"

할머니는 한쪽 다리를 쩔뚝이며 마루로 나왔다.

"할머니, 동철이 말고 동민이 보러 왔어요. 동민이 자전거 좀 태워 주고 싶어서요."

"동민이?"

"네. 자전거 뒤에 동민이 태워 주려고요. 헤헤."

"동민이를 태워 주겠다고? 참 기특도 하지. 동민이가 좋아하겠구나. 동민아, 어서 나와 봐라. 여기 이 형이 너 자전거 태워 준다는구나."

할머니가 말했다.

"할머니, 동민이 저기 있어요."

동민이는 두 손으로 땅을 짚고 벌써 자전거 옆에까지 와 있었다. 동민이는 홀로 밖에 있었던 것 같다.

"쟤가 언제 밖에 나왔을까. 멀리 가지 말고 조심히, 조심히 태워 주어라."

"네, 할머니."

할머니는 조금 걱정도 되는 모양이었다. 하지만 웃으면서 말했다. 동민이는 벌써 신이 나 있었다.

"동민아, 기분 좋지?"

"응. 좋아요."

수철이는 동민이의 두 손을 잡고 일으켜 세우려 했다. 동민이 두 손이 부들부들 떨렸다. 동민이의 다리도 부들부들 떨렸다. 그러면서도 미소 지었다. 몹시 흥분했다. 그러나 두려움이라고는 전혀 찾아볼 수 없었다.

부들부들 떨면서 어쩔 줄 몰라 하는 동민이를 수철이가 덥석 안아 들어서 자전거 뒤에 앉혔다. 동민이는 무척 가벼웠다.

"동민아, 형 허리 꽉 잡아!"

"…"

"더 단단히!"

"알겠어!"

"출발한다!"

수철이는 내리막길을 달렸다. 수철이에게도 두려움은 없었다. 지난 추석, 외갓집의 내리막길과 가게 앞 아저씨들의 웃음소리가 떠오르긴 했지만 두려움은 없었다. 자주 끽끽! 브레이크를 잡으면서 내려갔다. 동민이의 커다란 웃음소리가 들렸다.

동민이를 뒤에 태우고 마을을 누볐다. 동민이의 커다란 웃음소리가 마을 골목길을 채우며 지나갔다. 수철이는 동민이를 태운 채 언덕을 올라 동민이 집까지 데려다주었다. 그렇게 긴 시간은 아니었다. 동민이에게 말하지는 않았지만, 다음에는 더 오래 태워 주겠노라는 마음의 약속을 하고 수철이는 집으로 향했다. 집으로 돌아오는 내내 동민이의 웃음소리가 수철이 귓가를 떠나지 않았다.

"하하하! 하하하하!"

동민이의 웃음소리는 그랬다. 웃음소리를 표현하는 말이 참 많겠지만, 동민이의 웃음소리는 "하하하! 하하하하!" 그 글자와 정말 똑같았다.

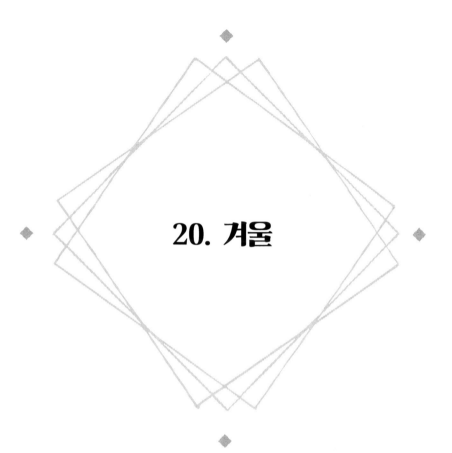

20. 겨울

수철이는 얼굴에 부딪히는 언 바람이 턱과 목, 가슴을 타고
옷 안으로 스며드는 차가운 기운을 좋아한다.
수철이는 겨울을 좋아했다.

탁! 탁!

한쪽 발로 힘껏 굴러도 얼음판은 끄떡없다.

꽁꽁 얼어붙은 개울 한복판에 돌을 던지기도 한다.

깨지지 않는 단단한 개울에 큼지막한 돌을 던지면, 그제야 얼음판에 파지직! 금이 간다.

그것이 커다란 금이 되어, 콰아— 파삭— 팍! 하는 소리와 함께 드디어 얼음판이 조각난다. 그러면 얼음판 아래 은빛 개울물이 드러난다.

아이들은 얼음판을 깨며 속 시원한 쾌감을 만끽했다.

수철이는 들판에서 불어오는 바람을 좋아하고 얼굴에 부딪치는 바람이 턱과 목, 가슴을 타고 옷 안으로 스며드는 차가운 기운을 좋아했다. 이른 아침 학교 가는 길에 언 바람을 맞으며 가슴과 어깨를 움츠렸다 폈다 하는 것도 좋아했다.

수철이는 겨울을 좋아했다.

딱딱한 운동장을 가로지르고 냉랭한 복도를 지나서, 교실에 들어서면 웅크린 아이들이 시린 발을 동동거리고 있었다. 난로 가에 모여서도 아이들은 손바닥에 입김을 호호, 불어 넣으며 연신 손을 비볐다.

"얘들아, 선생님 오신다! 자리에 앉아!"

반장인 영준이가 뒷문을 열고 들어오면서 외쳤다.

아이들은 재빠르게 의자에 앉았고 선생님은 교탁 앞으로 걸어왔다.

"차렷! 선생님께 인사!"

"안녕하세요!"

"그래, 몹시 춥지? 감기 걸리지 않게 마스크도 하고 옷도 따뜻하게 입어야 해. 승준이는 크리스마스씰, 한 장 더 산다고 하지 않았니?"

"네, 선생님. 근데 깜빡하고 돈을 안 가져왔어요. 선생님, 내일 가져와도 돼요?"

"그래. 내일 가져오너라. 그리고… 이번 주 소각장 청소 당번이 수철이하고 형석이지? 수철이하고 형석이는 수업 시작하기 전에 환경부장 선생님한테 갔다 오는 거 잊지 말고!"

수철이네 학교에는 교무실과 교실에서 배출되는 쓰레기를 처리하는 소각장이 있었다. 수철이 허리 높이의 벽돌로 둘러싸인 소각장은 수철이 걸음으로 가로 두 걸음, 세로 네 걸음 크기였고, 환경부장 선생님이 직접 관리했다. 화재 위험이 있어서 그럴 거라고 아이들은 생각했다.

아이들은 불 피우는 것을 좋아했기 때문에 소각장 담당을 꺼리지 않았다. 오히려 뜻밖의 재밌거리가 생기지 않을까 해서 청소 시간을 기다렸다고 말해야 할 것 같다. 날씨가 추워지면서는 더 그랬다.

"형석아! 교무실에 가자."

"알았어."

수철이는 일 교시가 시작되기 전에 담임 선생님 말씀대로 교무실로 갔다. 환경부장 선생님을 찾아뵙기 위해서였다. 환경부장 선생님은 하얀 목장갑을 끼고 아침마다 학교 구석구석을 다니며 직접 쓰레기를 주웠다. 그래서 그 선생님을 모르는 아이들이 없었다. 어떤 아이들은 그분을 선생님이 아니라 학교 시설이나 환경관리를 하는 아저씨로 알고 있기도 했다.

"선생님, 안녕하세요!"

"어, 너희 둘이 이번 주 소각장 청소 당번이구나. 어디 보자…. 최수철, 한형석!"

선생님은 표지에 '소각장 관리'라고 쓰여 있는 일지를 보며 말했다. 선생님은 먼저 학교 아저씨가 불붙여 주실 거라는 말을 했고, 그전에 소각장 쓰레기 더미에서 유리 조각, 병 그리고 알루미늄 같은 유리와 금속류는 따로 골라내야 한다고 했다. 불장난하면 안 된다는 말은 일곱 번은 더 한 것 같다.

종례 후에 형석이와 수철이는 강당 뒤 소각장으로 갔다. 각 반 아이들이 쓰레기통을 소각장에 탈탈 부어 버리면 수철이는 불에 타지 않는 쓰레기가 있는지 기다란 막대기로 군데군데 들춰 봤다. 그런데 어떤 아이가 쏟아 낸 쓰레기 더미에서 멀쩡한 우유가 서너 개 나오는 것이 아닌가.

"애! 쌩우유까지 버리면 어떡하냐?"

"유치원 아이 중에 비리다고 안 먹는 애들이 있어서 그래요."

유치원에서 쓰레기통을 들고 나온 아이가 대답했다.

"형석아, 유치원 애들은 우유도 마시냐?"

"나도 몰라. 그렇지만 그러니까 나오겠지."

올해 학교에 병설 유치원이 생겼다. 처음 보는 장난감들과 미끄럼틀이 유치원 교실에 들어오고, 교실 한쪽 벽이 그림책과 동화책으로 채워지는 것을 아이들은 볼 수 있었다. 그때 수철이는 쟤네들은 호강한다는 말을 참 여러 번 했다. 오늘 걔네들이 우유 급식까지 하는 것을 보니, 수철이는 '내 생각이 틀리지 않구나.' 했다.

"수철아, 이거 태우려면 우유 버려서 빈 우유갑 만들어야 하잖아?"

"잠깐만, 형석아, 그거 줘 볼래!"

"뭐 하려고?"

"일단 줘 봐."

"…"

"형석아, 이거 버리지 말고 학교 아래 가게에 가져가 보자."

수철이는 우유 하나를 자기 옷으로 닦아서 깨끗해진 우유를 지그시 바라보며 말했다.

"가져가서 뭐 하려고?"

"너 물물교환 몰라? 사회 시간에 배웠잖아!"

"그럼, 가게에서 우유를 다른 거랑 바꾸겠다는 거야?"

"그래."

"주인아저씨가 바꿔 주실까?"

"아니면 말고!"

두 아이는 우유 일곱 개를 자기들 옷에 문질러 깨끗하게 닦은 다음, 학교 아래 가게로 갔다. 안으로 들어갔다. 수철이는 가게 안에 있던 아이들이 볼일 보고 가게 밖으로 나가기를 기다렸다. 두 아이는 외투 주머니와 허리 뒤에 감춘 우유를 선뜻 내밀지 못했다. 마침내 아이들이 모두 나갔을 때, 잠시 우물쭈물하던 수철이가 용기를 내서 말했다.

"아저씨, 이거, 이 우유 오늘 건데요. 혹시 다른 거랑 바꿔주실 수 있어요?"

아저씨는 우유갑을 요리조리 살폈다.

"필요한 거 있으면 골라 봐라! 아니면…, 우유 한 개에 오십 원 쳐주랴?"

"예? 오십 원이요? 돈으로도 주실 수 있는 거예요?"

형석이와 수철이는 두 눈이 휘둥그레졌다. 두 아이는 궁리할 것도 없이 삼백오십 원을 받아 들었다.

어른들처럼 거래를 통해 현금을 손아귀에 쥐었다는 생각에, 수철이는 심장만 두근거리는 것이 아니라 동전을 받아 드는 손도 떨렸다. 신이 나서 소각장으로 뛰어오던 두 아이는 삼백오십 원으로 무엇을 할지 이러쿵저러쿵 얘기를 시작했다.

"수철아, 우리 조금 더 모아서 짜장면 사 먹자!"

"짜장면? 한 그릇이 육백 원이니까…. 좋다! 그래, 그렇게 하자!"

그날부터 두 아이는 종례 시간이 가까워질수록 기운이 더 생겨났는데, 이상한 것은 유치원에서 계속 빈 우유갑만 나오고 두 아이가 바라는 것은 더 이상 나오지 않는 것이었다. 이유가 궁금했으나 알수는 없었다. 수철이는 '유치원 선생님께서 꼬맹이들이 전부 다 우유를 마시게 하거나, 집에 가져가게 하는가 보다.'라고 생각할 뿐이었다.

"이래서는 짜장면은 틀린 거 같다. 소각장 청소도 별로 재미없고 심심하다. 뭐 재밌는 거 없을까?"

수철이 말을 듣고 곰곰이 생각하던 형석이가 이런 제안을 했다.

"방학식 때 우리 반 남자애들끼리 짜장면 먹으러 갈래? 우린 육학년이고, 마지막 방학이잖아! 엄마한테 말씀드리면 짜장면값 정도는 주시지 않겠냐?"

"…"

"그리고 우리 동네 개울가 옆에 조그만 웅덩이가 있어. 거기에 물고기가 좀 있는 거 같더라고. 오늘 물고기 잡으러 가는 거 어떠니?"

"방학식 끝나고 우리 반 남자애들끼리 짜장면 먹는 거 맘에 든다.

좋은 생각인 거 같다. 그렇게 하자. 근데, 니네 집이 어딘데?"

"화산리! 자전거 타고 같이 가면 돼."

수철이와 형석이는 자전거를 타고 형석이 동네에 있는 개울가 웅덩이로 갔다.

가는 내내 자전거 핸들을 잡은 손이 몹시 시렸다. 하지만, 바람이 얼굴에 부딪히는 느낌이 좋아서 금방 목적지에 이른 것 같았다.

"얼었잖아!"

수철이가 말했다.

"까짓거, 깨면 돼. 두껍게 얼지도 않았을 텐데, 뭐!"

두 아이는 묵직한 돌멩이를 웅덩이에 여러 번 던졌다. 짧은 시간 얼음판과 씨름을 했다.

콰아! 하고 마침내 얼음판이 깨지자, 두 아이 모두 속 시원한 쾌감을 느꼈다. 커다란 얼음 조각을 웅덩이 밖으로 꺼내고 작은 얼음 조각들은 그대로 두었다.

"형석아, 물고기를 어떻게 잡을 건데? 물고기는 보이지도 않는데, 없는 거 아니냐?"

"있어! 있다니까. 내가 집에 가서 금방 그물 가져올게. 조금만 기다려."

"잠깐만! 형석아, 자전거 발전기로 해 보자!"

"자전거 발전기?"

두 아이는 어두운 저녁이나 밤길을 밝히기 위해 쓰이는 자전거 앞바퀴에 달린 조그만 자가 발전기를 사용하려고 했다. 전구에 연결된 전선을 떼어 내서 물에 넣을 작정이다. 서로 많은 얘기를 하지 않아도 손발이 착착 맞았다.

"전선이 물에 안 닿는데!"

형석이가 말했다.

"자전거 뒤집어 보자. 어차피 바퀴 돌리려면 뒤집어야 해."

자전거를 뒤집었다. 전선이 물에 닿았다. 형석이가 손으로 앞바퀴를 돌리고 수철이는 웅덩이 물속에 전선을 담갔다.

"윙윙! 웅웅!"

짜장면집 식초통 같은 조그만 발전기 머리가 바퀴에 닿자 소리를 내며 막 돌아갔다. 금방 전기가 만들어질 것 같았다.

"좀 더 빠르게 돌려!"

"……"

형석이가 좀 더 힘을 내서 돌렸다.

"야! 와—아! 이것 봐!"

전기에 감전된 물고기들이 기절한 듯 여기저기 물 위로 둥둥 떠올랐다. 놀랍고 신기한 광경에 형석이는 바퀴 돌리는 것을 멈췄다. 수철이도 전선을 손에서 놓아 버렸다. 그랬더니 몇 초 지나지 않아 물고기들이 꿈틀거리며 물속으로 사라졌다.

"형석아, 다시 돌려 봐!"

"……"

아니나 다를까. 물고기들이 다시 떠올랐다. 무릎 꿇고 있던 수철이가 한쪽 손으로는 땅을 짚고 다른 한 손으로는 가장자리에 있는 물고기들을 잽싸게 건져 올렸다. 웅덩이 한가운데는 손이 닿지 않아서 큰 놈이어도 포기해야 했다. 웅덩이 가장자리 흙바닥에 던져진 물고기들이 정신이 돌아왔는지 다시 파닥거렸다.

"수철아, 우리 이거… 어떡하지? 그냥 다시 놓아줄까?"

"놓아주자! 나도 원래 그냥 놓아주려고 했었어. 집에 가져가려고 한 게 아니니까."

"그래, 놓아주자!"

수철이는 훗날 추억이 될 물고기 잡이를 했다, 생각하고 자전거 앞바퀴에 있는 전구 불빛으로 길을 환하게 비추며 집으로 향했다.

일주일의 절반은 재밌는 일이 있었고 또 반은 심심했던 거 같다. 그렇게 시간이 흘러 방학식 날이 되었다.

"짜장면값 가져왔어?"

"너는?"

"오늘 짜장면 먹으러 가기로 한 거 알지?"

모두가 친구들하고 단체로 중국집에 가서 짜장면 먹을 생각에 아침부터 마음이 들떠 있었다.

삼 교시 대청소가 끝나고 일 학년부터 육 학년까지 전교생이 운동장으로 나갔다. 운동장 조회, 방학식이었다. 지금은 웬만한 행사는 대강당에서 하고 운동장 조회도 '운동회 날'에 한 번 정도 하는 것이 전부일 테지만, 당시에는 운동장 조회를 참 많이도 했었다.

"추워! 발 시리다. 나가기 싫다."

"그치? 엄청 발 시리다."

"난 벌써 발가락이 언 거 같다."

움츠린 아이들이 투덜대며 게으르게 운동장으로 나갔다.

전체 아이들은 운동장에 학급별로 두 줄로 정렬해서 선생님들이 나오기만을 기다렸다. 시린 발을 동동 굴렀다. 겨울방학의 설렘에 신이 났던 아이들이 짜증을 내기 시작했다. 십 분, 이십 분…, 시간이 꽤 지나도 선생님들의 모습이 보이지 않았기 때문이었다. 추위에 몸은 점점 더 얼어 갔다. 잔뜩 몸을 움츠려도 소용없었다.

"아우! 발 시리다. 왜 이렇게 선생님들이 안 나오시지?"

"교무실에서 회의가 길어지는 건가?"

"추워 죽겠어!"

"나도!"

여기저기서 불만이 터졌다. 수철이도 추위에 덜덜 떨며 투덜댔다. 수철이는 기분 좋게 짜장면 먹으려 했던 계획에 차질이 생길 것 같았다. 신경질이 났다. 수철이는 짜장면 먹으면서 짜증 내고 싶지는 않았다.

"정말이지, 얼어 죽을 것 같다. 발가락에 동상 걸린 것 같다."

형석이가 말했다.

"형석아, 우리 그냥 가자!"

수철이의 말이었다.

"…"

형석이는 황당한 표정을 지었다.

"애들한테 얘기해서 그냥 가 버리자!"

수철이가 다시 힘주어 말했다.

"그게 무슨 소리야? 도망치자는 거야? 방학식은?"

"오늘이 방학이니까. 한 달 후, 개학식 날 선생님이 혼내시겠냐? 생각해 봐? 개학하고 며칠만 학교 나오면 우린 졸업이라구! 별일 없을 거야. 언제까지 기다리기만 할 건데? 벌써 삼십 분은 추위에 떨고 있는 거 같다."

수철이의 말에 투덜거리던 아이들이 고민하기 시작했다. 한 명, 두 명…, 아이들이 수군거리며 어떻게 하는 게 좋을지 이야기했다. 여전히 선생님들은 교무실에 있었다. 수철이네 반 아이들이 웅성댔다.

육 학년 일 반 열일곱 명 남자아이들이 의견 일치를 보고 학교 밖으로 사라졌다. 다른 반 남자애들이 어디 가냐고 물어봐도 본체만체했다. 뒤도 안 돌아보고 정문으로 나가 버렸다.

학교에서 빠져나온 아이들은 중국집에 우르르 들어가 우선 뜨거운 물 한 컵으로 몸을 녹였다.

"아저씨, 여기 짜장면 열일곱 그릇 주세요!"

수철이가 큰 소리로 짜장면을 주문했다.

이른 점심시간이라 손님은 아이들밖에 없었다. 잠시 후 짜장면과 더불어 주인아저씨께서 서비스로 내주신 따끈따끈한 군만두 세 접시까지 테이블 위에 놓였다. 짜장면 한 그릇으로 배가 찰 아이들이 아니었지만, 얼었던 몸이 녹자 얼굴도 달아오르고 기분도 좋아졌다.

"아, 잘 먹었다."

형석이가 어른처럼 말했다.

"우리, 이제 뭐 할까?"

"너희들 오락실에 새 기계 들어온 거 아냐?"

"맞다. 거기 만화책도 새로 들어왔다."

"얘들아, 오락실 가자!"

아이들은 무단으로 방학식에 불참했다. 그럼에도 겉으로 봐서는 아무런 걱정이 없어 보였다. 짜장면을 먹을 때도 오락실에서 놀 때도 아이들은 학교에서 무슨 일이 일어났을지 궁금해하지 않았다. 개학 날에 벌어질 사태에 대한 걱정도 아이들에게는 아직 멀리 있는 이야기였다.

수철이는 '학교, 선생님, 운동장 조회, 방학식, 무단 불참, 개학' 등의 말을 피했다. 다른 아이들도 그러는 것 같았다. 금기처럼 그 단어들을 입에 담으려 하지 않았다. 그러니까 열일곱 명 아이들은 어떤 사실을 애써 외면했는데, 그건 각자 불안한 일탈을 즐기고 있다는 거였다.

그해 겨울, 아이들은 얼음판을 깨며 재미와 속 시원한 쾌감을 만끽하긴 했지만, 얼음 조각으로 어지럽혀진 개울물을 돌아보지는 못했다.

삼십이 년의 세월이 흘렀다. 겨우 한 발짝 내디딘 것 같은데… 뒤

돌아보면 바로 저기 운동장이 있고, 거기서 뛰노는 어릴 적 친구들 표정이 내게 달려온다. 서리가 내리고 쌀쌀함이 옷 안으로 스며들 때면, 그해 겨울의 친구들과 선생님을 마음으로 만난다.